隠れ転生

Kakure Tensei

著 トール

絵 沖史慈宴

Author

Toru

Illustrator

Oxijiyen

TOブックス

Contents

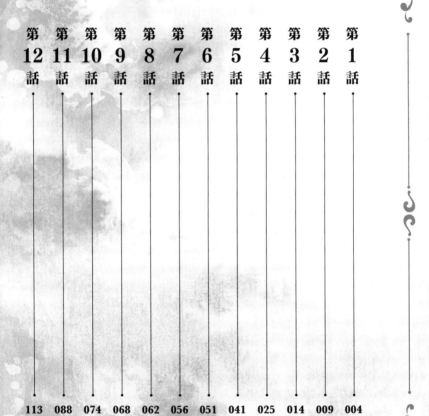

Kakure Tensei

イラスト:沖史慈宴　デザイン:アフターグロウ

第1話

この世界に生まれて五年が経過した。


空から降ってくる日差しに目を細める。

雲一つ無い快晴だ。

穏やかな陽気に思わず笑みが溢《こぼ》れる。

家の前で大きく背筋を伸ばす、組んだ手を上にやるのは既に条件反射だろう。

別に肩が上がらないとかではないのだが、染み付いた癖というのは中々に抜けるものじゃないらしい。

視線を落とせば、いつもの村の風景がそこにはあった。

相変わらず家と家との間隔が恐ろしく広い。

どの家も個人の畑を持っているのだから仕方がない。

しかしそのせいなのか、そこそこの広さを持つ村だというのに世帯数はそんなに多くない。

人口二百人未満の開拓村――

それが俺の住まい。

名前はまだ無い。

……猫じゃないんだからさぁ。

不便だし、なんでもいいから名前を付けてほしいもんだ。

村の人はこの村のことを、まんま『村』と呼んでいる。

他の村との区別とかどうすんだろうね？

外部から人が来るのなんて下手したら年に一度ぐらいなので、隔絶されてるんだろうなぁとは思うけども。

そのうち『村』に村って付いて『ムラムラ』って呼ばれないかなぁ……なんて。

気にし過ぎであってほしい。

そんな牧歌的な雰囲気漂う……というよりか田舎そのものといった我が村を眺めていたら、土剥き出しの道の向こうから、誰かがこちらに向かって走ってくるのが見えた。

まあ誰が来るのかなんて分かってるんだけどね。

小さな村なのだ、住んでいる村民は押しなべて顔見知りである。

「おーい！　レン！」

顔がハッキリ見えるぐらいの距離になると、そいつは声を掛けてきた。

レン、というのは俺の愛称だ。

正確な名前はレライトなのだが……気のせいか誰も呼んでくれる気配がない。

両親さえもだ。

忘れられている訳じゃないと信じたい。

生き生きとした満面の笑みで、手を振りながらやってきた幼馴染みに、俺も軽く手を振り返して応える。

「やあテッド。奇遇だね？」

「お、おう？　キグーキグー。って、そんなことより！　なんでチャノスの家に来ないんだよ！　もう皆来てんのに、レンだけ来てねぇから俺がわざわざ迎えに来ることになったんだぞ！」

奇遇って言ったじゃん。

茶色の髪を短く刈り揃えた青い目の少年、その名もテッド。

俺の幼馴染みの一人で、村長さん家の長男坊である。

歳は俺より二つばかり上のヤンチャ盛り。

この、俺に対する『お迎え』とやらも、誰かに命じられた訳ではなく自ら率先して手を挙げたのであろう鉄砲玉っぷり。

傍目にも力が有り余っている。

動き回りたくてウズウズしているのだ。

でもそんなの勘弁してほしいというのが俺の弁。

「あー……あれだ、ほら？　今日は家の手伝いがあるからさ。僕は不参加ということで……」

「今日も《・》だろ！　お前いつもそう言うじゃん！　おばさーん！」

やめろバカこらこの野郎！

子供の諍いに大人を引き出そうだなんて恥ずかしいと思わないのか⁉

カッコ悪い、良くないよ！

これ以上はさせるものかとテッドの口を塞いだのだが――――時既に遅く。

抵抗虚しく背にした扉が開かれる。

現れたのは朴訥そうな村娘。

俺の母である。

「はーい。あら？　レン、まだ家に居たの？」

「うん……まあ。今日は、ほら？　母さんの手伝いを……」

家を出たと見せかけて扉の前に立ってやり過ごしていたのだが、テッドが大声を出すものだから家から母が出てきてしまった。

扉から顔を覗かせた母は、二十代と呼ぶにはまだ若く、また地味な顔立ちをしていた。

茶髪で茶目という、この村では標準的な色合いの髪と瞳にソバカスが残る幼く地味な顔立ちは、同じ歳の娘を並べたのなら記憶に残らなさそうな印象を受ける。

しかし印象と性格は必ずしも一致するものじゃないのだ。

適当に誤魔化そうとする俺の隙を突いて、テッドが声を上げる。

「おばさん、おはよう！　遊びに行こうと思うんだけど、レンを連れて行ってもいい？」

いい訳がない。

「いいわよ」

ママン……。

そうなのだ。

地味顔で姉と間違われんばかりに若く見える我が母は、やや強引というか『子供は斯《か》くあるべし』という頑固な考えがあるというか……。

要するに、子供は子供同士で遊ぶもの！　と考えているようで……。

押しに弱そうな印象とは裏腹に、天気が良いのなら外に遊びに行けと子供を家から追い出す、日曜日の肝っ玉母さんな性格をしていた。

「は～い！　じゃあレン、行こうぜ！」

「……うん、そうだね」

故にお叱りは厳しいもので、ここで首を振るという選択肢が、俺には無かった。

断ったのなら肉体的にはともかく精神的にキッツいお仕置きが待っているので。

幼馴染み故に付き合いが長いテッドがそれを知らない筈《はず》もなく……。

ニヤニヤ笑いが小憎らしい。

家の前で捕捉されたのが失敗だったか……。

「いってらっしゃい」

「……いってきます」

「いってきまーす！　俺ん家じゃねぇけど！」

にこやかに手を振って送り出す母に応えて、渋々家を後にする。

隣りにはエネルギーが有り余っている幼馴染み。

相反するテンションで田舎道を歩く。

道すがら、ワクワクが抑えきれないとばかりに訊ねてくるのは、いつもの質問だ。

「なあ！　今日は何しようか？　何して遊ぶ？」

マジで……やることも決まってねえのに毎日呼びに来んの、やめてくんねぇかなぁ……。

第2話

開拓村というだけあって、村には色々と足りないものがある。

まず宿が無い。

そもそもの立地が辺境だと聞いているので、これは仕方がないことだと思う。

それにしても人が来ないので、辺境は辺境でも頭《あたま》にドが付く特別なものなのだろう。

特別感のある地元って、嬉しくて涙が出るよね？

そんな人の出入りが皆無に等しいド辺境だからこそ、宿泊業なんて赤字経営が見えているものを進んでやろうとする奴なんていやしない。

じゃあ宿泊施設が必要な時はどうするのか？

もしどうしても宿泊を必要とする誰かがいる場合は、テッドの家かチャノスの家に泊めてもらうのだ。

何故か？

単純に部屋数が多いせいだ。

テッドの家は村長宅。

だからなのか、他のどの家よりも大きな建物で、少なくとも小屋と見間違えんばかりの我が家とは違う。

……我が家も一応二部屋あるけどね、一応。

しかし来客というのは大半が領主の遣いなので、村長の家に泊まるというのは別に不自然なことじゃない……と思う。

饗応《きょうおう》とかあるだろうしね。

問題はその人数。

如何にテッドの家が大きかろうと、ド辺境の田舎村にある村長宅なのだ。

収容人数にも限界がある。

領主の遣いを相手に、一部屋に十人も詰めて雑魚寝してくれもないだろう。

そんな時にお呼びが掛かるのがチャノスの家だ。

チャノスの家は村唯一の商家。

故に村長宅に次ぐ大きさがあるのも然ることながら、商家というだけあって本邸とは別に倉庫なんかも持っている。

その持ち物の中に、空き家と呼んでもおかしくない小屋がある。

普段は使うことの無い空き家だが、来客の人数が多い時は活躍する。

そのかいあってか、常日頃からの手入れを欠かすようなことはしない。

しかし、普段は使われないのだ。

だからなのか……子供の秘密基地になってるというか、体《てい》のいい託児所のようになってるというか……。

ぶっちゃけ公然とした子供の溜まり場のようになっている。

立地が良いのも悪かった。

この村の村長宅は、村の入口前に位置している。

商家であるチャノスの家の方が村の中心にあるのだ。

商家が村の中心にあった方が、どの家からも近いので便利！　という合理的な判断に基づく建築方針だそうだ。

こういう配置って大抵は村の中心に村長宅がくるようなものだと思ってたよ。

おかげ様で村の端に位置する我が家からの交通の便も良く……まあ便もクソも無い強制お迎え徒歩なんですけどね。

こうして毎日のように年上に連れられて通うことになっているというわけで……。

「トホホだよね……」

「なんだ？　とほほってなんだよ？」

「徒歩っていうのは歩くってことだよ。徒歩《とほ》歩《ほ》っていうのはマジで歩くってことさ」

「そうか！　つまり俺たち、トホホでチャノスの家に行くって言いたいんだな？」

「大体合ってる」

しばらくテッドと一緒に歩いていると、やがてポツポツと家が増えてきた。

やはり商家に近い方が便利なので、村の中心の方が家が多い。

まあ、多いと言っても十軒ほど密集してるってだけなんですけどね。

畑もあるので田舎な感じに変わりはない。

塀で囲われた一際大きな家――の隣りにある小屋へと足を進める。

敷地内にある倉庫に比べると小さいが、それでも我が家ぐらいの大きさがある小屋だ。

ちなみに我が家は小屋ぐらいの大きさだろうと家だから、そこを譲るつもりはないから。

そんな小屋の扉をテッドが先んじて開く。

ノックも無ければ遠慮も無い。

ここ、君の家だっけ？

子供って無遠慮だよなぁ……なんて思いつつ、テッドと連れ立って小屋へと入る。

中に入ると早々に注目が集まる。

向けられた視線にテッドが応えた。

「おまたー！　レン連れて来たぞー！」

開かれた扉の向こうには、下は一歳から上は七歳までの子供が、思い思いに過ごしていた。

「やっと来たか……。遅かったな？」

「わりぃ。レンがまた親の手伝いとか言い出してさー」

俺を含めて、ほとんどの子供が茶髪か茶色い目をしている。

例外は二人。

話し掛けてきたのはそのうちの一人で、青い髪に青い目の小生意気そうな面をした男の子だ。

テッドの親友で商家の倅でもあるチャノスという。

こいつとテッドは基本的にワンセットで見られることの多い、村の悪ガキ筆頭の二人である。

そしてもう一人はというと……。

「う！」

俺が小屋に入ると、花開かんばかりの笑顔で駆け寄ってきて、感情の赴くままに抱き着いてくる女の子。

というか幼女。

ストロベリーブロンドの長い髪、パッチリとした大きな瞳はエメラルド《翠色》。

村長の娘でテッドの妹でもある、テトラ嬢だ。

こんな可愛い娘から熱烈なハグを受けるなんて男冥利に尽きる展開……なのかもしれないが、今はただただ遠慮したい。

そりゃ将来は美人なのかもしれないよ？

でも今は鼻水と涎の製造機でしかない。

見てみ？

人型《ひとがた》のタオルだ！　と言わんばかりに俺の服に顔を擦り付けている天使《あくま》を。

嘘みたいだろ？　俺が洗うんだぜ……これ……。

「れー」

……まあ、可愛いから許すんだけどね？　思わずほっぺた突《つっ》きたくなるくらい可愛いんだけどね？

ニヘラっとこちらを見て微笑むテトラに陥落して頬を突《つっ》き回していると、背後から伸びてきた手が肩に置かれた。

……来たな？

「じゃあレン。俺とチャノスは遊びに行ってくるから、テトの世話よろしくな」

「レンも来れたら来るといい」

振り返れば、既に体の半分ぐらいが小屋から出ている悪ガキ共がいた。

良い笑顔だ、悪いことしてるとは欠片も思ってない、実に良い笑顔……。

毎回毎回、妹の世話を俺に押し付けて遊びに行くってどうなの？　ねえ？

第3話

最初の失敗はオムツの交換に手を貸してしまったことだろう。

この託児所のような小屋にも、当初は纏め役というか責任者のような女性がいた。

責任者と呼んだところで、その娘もまだまだ子供の範疇。

精々が成人前の十四歳ぐらいだったと思う。

チャノスの家で雇う従業員候補か何か……だったかな？

お試し期間ではないけれど、まだ仕事を仕込む前だった未成年の娘を、都合が良いとばかりに子供の世話役《監視》へと就任させたのだろう。

可哀想な子羊ちゃんで間違いない。

子供の『遊ぶ』と親の『遊ばせておく』は違う。

その『相手をする』という意味では、全く異なる。

具体的には労力が。

簡単な仕事だと見習いの女性を起用したんだろうけど……子供の世話ってそんなに楽なもんじゃないから。

経験者は語るってやつでさ……。

子供は勝手に遊ぶもんだ、お前はその監視をしててくれればいいから、一人でも出来るだろ？

なーんて言われたんだろうなぁ。

自信満々に引き受けた姿が目に浮かぶ。

意外と調子のいいこと言う娘だったからなぁ。

初めて小屋に来た時は……半べそかいてた印象しかないが。

抱えられていたテトラも、監督役の娘も、どっちもね？

ケンカして泣き喚《わめ》く子供に、つられて泣いてしまう子供、脱走するのが面白いと逃げ出す子供に、我関せずと一人遊びをする子供。

当時の小屋の様子は、中々のカオスっぷりだった。

テトラを泣き止ませようと半べそをかいてたその娘を、見るに見かねて助けてしまったのが運の尽き――だったのだろう。

だってなあ……おっぱい《ミルク》だと思って服を脱ごうとしてんだもん……さすがに可哀想に思ってしまって……ねえ？

いや出ねぇだろ、と当時はツッコんだものだ。

よっぽどテンパってたんだろうなぁ。

オムツの交換をしたことがないというのも原因の一つだったに違いない。

替えなきゃ赤ん坊は泣き続けるもんね。

なんでこの娘を選んだんだろうな、チャノスの親父さんは……。

そんな諸々の事情もあって、当時は仕方ないながらも世話役の娘に手を貸してやった。

しかし何故か――

その時から……テッドが俺に妹の世話を押し付けてくるようになったのだ。

というより、これ幸いと妹の世話を投げ出すようになった。

しかしテッドとしては俺がテトラの世話を好きでやっているものだと思っているらしく、本人的には良いことでもしてる風なのが腹の立つ。

テトラは可愛いよ？　でもそれとこれとは別やんね？　わかる？

赤ん坊を愛でるのと、赤ん坊の世話をするのでは天と地ほども違いがあるから。

ここに集まってくる子供というのは、まだ親の手伝いをするには若く、かつ仕事の邪魔にもなりそうな奴らばかりで……ようするに手間が掛かりそうな子供を纏めて管理しようって魂胆なのだろう。

当時のテトラは赤ん坊だったのだが、家での世話を命じられたテッドがチャノスとの遊びたさ故に一計を案じ、ここなら世話役もいるし家人を仕事に使える的な説得をして連れてきたんだそうだ。

お前はマジで世話役の娘に謝れ。

成人を迎えてここを卒業していった世話役の娘は、今じゃ商家の仕事を仕込まれているらしい。

村にゃ他に適切な年齢の娘もいなかったので、今度の監督者は年季の入ったばあさんでも来るんじゃないかと予想していた。

これでテッドの悪巧みも潰える――――かに思えたが。

もはやテトラのケツを拭くこともないと思っていた俺の期待を余所に、新しい監督者が来る兆しはまるで見えず……テッドは毎日のように俺を迎えに来た。

本人にとっては親切のつもりなのだろうが、マジで勘弁してほしい。

それでお前は自由の身というのだから堪らない。

精神的にも疲れる。

アホかよと。

「れー」

可愛いかよと。

グイグイと服を引っ張ってくる天使を見ると、これも一つの幸せなのかもしれない……とか洗脳されちゃうぜ。

「おっし！　今日も冒険者ごっこしようぜ！」

「またかよ……やれやれ」

「あたしも行くぅ！」

一瞬の油断を突いて、外で遊びたい組が勢いよく小屋を飛び出して行く。

まさかの兄妹連携である。

……もしかして騙されているのだろうか？

そして残される、いつものメンバー。

お外はイヤ勢だ。

「れー」

可愛いからいいかな？

その筆頭というか、まだ一人で外を駆け回るには危ない年齢のテトラ。

「……レン、今日もお話」

前髪は長いのに後ろ髪が短いギャルゲーの主人公のようなターナー。

「それよりまた計算を教えてよ！」

赤っぽい茶髪を三つ編みにしたケニア。

それに俺を合わせた四名で、お迎えを待つ。

……まあ自分、お迎え来ないんですけどね。

親に冷遇されてるとかじゃなくて、適当な時間に自分で帰ってたら来なくなりましてん。

そんな自立精神をバリバリ見せていたせいで居残り勢の纏め役みたいになってしまったのが今は昔。

ちなみに外で遊ぶ組のメンバーは、テッドにチャノスにアンがいつメン。

アンというのは茶髪を頭のてっぺんで纏めた女の子だ。

髪が長くないのでチョロっとアホ毛が逆立ったような髪型になっている。

性格？　見たまんまですけど？

テッドは陽気で、チャノスはクールぶってて、アンはアホ毛。

テトラは残虐無比で、ターナーは無口、ケニアはまんま委員長。

六人が六人、てんでバラバラな性格なのが分かるだろう。

しかも男三人、女三人なのでどちらかに偏るということもない。

取り纏めるとか無理だと思う。

なので小屋内を俺が、外は知らん、という風に自然となった。

外で遊ぶ勢では、なんだかんだで面倒見が良いテッド辺りがリーダーシップを発揮しているのだろう……たぶん。

しかしまあ……来てしまった以上は仕方がない。

今日もコイツラの相手を頑張ろうじゃないかと……うん、頑張るよ。

「れー」

可愛いよ。

やる気出た。

「テトラもこう言ってることだし、お昼寝しようか？」

その方が俺も楽だし。

テトラの翻訳をカマす俺に、ケニアが委員長っぷりを発揮する。

「テトラは何も言ってないでしょ！　それより、計・算！　ジュウまで覚えたんだから、忘れないうちに続きをしたいのよ！　……ほら、テトラもそう言ってるんじゃない？」

いやテトラが話すわけねえだろ、バカなの？

ニコニコしているテトラの手を握ってやり、次いで顔を引っ剥がす。

いつまでも抱き着かせたままにしておくと、色々とダメになっちゃうので。

男子真面目にやってよね！　と委員長が仰っているので、今日も数字の数え方を……えぇぇ？

数字の数え方とか教えるのぉぉ……？　何時間も？

拷問じゃん、自分何歳やと思ってるんですか……。

やや憂鬱《ゆううつ》な気分を顔に出してアピールしていたら、口出しを控えていたというか、自身の希望を伝えてから喋らなかったターナーが動いた。

具体的にはベッドの方へ。

小屋の中にはベッドが二台、小さなテーブルを挟んで置いてある。
ターナーはその片方のベッドに座り、察しろとばかりにこちらを見つめてくる。
察した。
ケニアに顎で促す。
「今日はお話だって」
「もう！」
ターナーの態度にケニアが腕を組んで怒る。
不言実行のターナーは時折こういう行動に出る。
こういう時のターナーはやや頑固で、従わないと突如とした癇癪《かんしゃく》を起こすことがある。
めんどくさい性格なのだ。
付き合いが長いのでケニアにもそれが分かっているのだろう。
渋々と折れたが、怒ってますと言わんばかりのポーズはやめない。
まあ、お話には俺も賛成なので加勢したりはしないけど。
お話は楽だもんね。
聞いてるうちに寝てくれるだろうし。
そうと決まればとテトラの靴を脱がしてベッドへと抱え上げてやる。
ターナー側のベッドにはケニアが座った。
なんだかんだで仲の良い二人だ、いつも一緒にいるし、家も近いらしい。

……あれ？　その年齢で既にデキてる？

ませてるなぁ。

聞く準備が整ったインテリ勢を見渡して言う。

「さて、なんの話をしようか？」

恋バナ？

「どうせ聞くんなら前と違うのがいいわ。ターナーもそれでいいでしょ？」

ケニアの問い掛けにターナーが頷く。

ターナーは早くも靴を脱いでいて、寝転びながらも聞く体勢を取っている。

ターナーからテトラへ、ケニアが視線を動かした。

「テトラは……良さそうね」

テトラなら俺の膝の上にいるぜ？

昼ご飯の後なので、既におねむなのだろう。

お気に入りである俺の膝を枕に指を咥えて、今にも旅立たんばかりだ。

「じゃあ亀の背中に乗って、海の底にある竜《たつ》の宮《みや》へ行く話をしようか」

あんまりレパートリーがあるわけじゃないのだが、リクエストに応えて、うろ覚えだったから話していなかったやつを例に挙げた。

さてさて……どんな話だったかな？　最後は鶴にメタモルフォーゼするだったか？

昔聞かされた朧《おぼろ》げな内容をなんとか思い出して頭の中で纏めていると、その様子を見ていたケニアが不思議そうに問い掛けてきた。

「前から思ってたんだけど……レンはそういう話を、誰から聞いてくるの？」

俺はその問いに『当たり前だろ？』と言わんばかりの表情と声で答えた。

「そりゃあ父さん母さんからだよ。当然」

生まれる前の、が付くけどな。

第4話

俺には二つ、人には言えない秘密がある。


その一つが、生まれる前の……いわゆる前世の記憶ってやつがあることだ。

まあ俺自身は全然前世とは思ってないんだけど。

女の子の体と入れ替わったりしてないんだけど。

この体になる前の俺は、三十歳を越える中年男性だった。

日本という国でサラリーマンをやっていた。

前世、というぐらいなのだから、前の世界での俺は死んだということになるのだろうか？

しかし俺には死んだ時の記憶が無い。

というより死んだという意識すら無いのだ。

前の体での最後の記憶。

それは至って平凡なものだった。

年の瀬が近付く仕事の最終日。

自宅アパートで自らを慰労するという寂しくも楽しい晩酌《お疲れ様会》をしていた。

勿論、お一人様で。

年末で特番ばかりのテレビを付けたまま、酔いに任せてコタツで眠ってしまったのを覚えている。

軽い風邪ぐらいならあるかもしれないが、問答無用で死ぬなんてそんなこと……あるぅ？

そんなんで死ぬんだったら日本でコタツは禁制品になってるわ！　お願いだから違うと言ってくれ⁉

健康には人一倍気をつけていたので、突然死《そっち》の線は本当に薄いと思うのだが……。

それというのも二十代の時に、健康診断で「この影なんだろなぁ？」などとお医者さまに呟かれて以来、年に一回か二回、自己負担で病院に検査を受けに行くようになったぐらいには臆病だから。

勿論、問題が見つかったことはない。

休みの日は運動不足解消のために体を動かしていたし、普段から食事のバランスにも気をつけていた。

最後の晩餐（ウケる）での晩酌も、缶ビール二本という急性アルコール中毒に陥るような量ではなかったし、眠りに落ちる寸前も、これといって体調不良を覚えるようなこともなかった。

原因は全く分からない。

それこそ隕石でも降ってきて皆吹っ飛んだとか、寝てる間に核戦争でも始まったとかじゃなきゃ説明がつかない。

戸締まりはきちんとしていたし、火事や地震が起これば飛び起きる程度にはチキンハートの持ち主だった。

本当に、寝ただけなのだ。

本人の意識的には。

良い気持ちになって横になり、目が覚めたら――体が縮んでしまっていた。

少年探偵すら驚く展開なのだ。

凡人だった俺は泣き喚《わめ》いた（赤ん坊だからね）。

今でこそ笑い話として話せるけども、当時の咽《むせ》び泣きっぷりと言ったら『病気なんじゃないか？』と両親が慌てるほどのものだった。

時間が経つほどに自分がどういう状況に置かれているのかを理解したけど……納得は出来なかった（出来るかい！）。

輪廻転生という概念を知ってはいたが、まさか体験することになろうとは……。

しかもこういう生まれ変わりには付き物だと思っていた記憶の洗浄というかフォーマットというものが行われなかったことも、俺の混乱に拍車を掛けていた。

そりゃ記憶が無くなってほしい訳じゃないけども、まだ夢だと言われた方が……という感じだったよ。

しかし現実？　は無情なるかな。

五感に伝わる感覚、夢とは思えない飢えや渇き、そして幾度眠ろうとも向こうで目覚めることが無いという事実に、俺は思った。

あー、こりゃダメだ。

ダメなやつだ、と。

割かし理解が早かったのは、サブカルチャーに溢れた国に住んでいたおかげなのかもしれない。

ふふふふふ、国民性ってやつだよ。

こういうお話を知識として網羅していた俺は、早速とばかり脳内フォルダから最適解を導き出そうとして……挫折した。

こういう時は異世界転生知識《チート》を活かすのが流れ……とか思っている時期が私にもありました。

いや無理だわ。

炭酸飲料はお金出してお店で買うものであって自ら作り上げるものじゃないから！

生まれ変わる前に女神様に会ってお願い事されたとかも無いから⁉

俺はすねた（赤ん坊なので）。

ここまでが全て現実逃避。

正直ここが夢の世界で、そこから目覚める可能性というのをまだ信じていたし、時間が解決してくれるんじゃない？　と思うことで、平静を保てていた部分もある。

しかしそこから五年も住むことになると、人や物に愛着とかも湧いてくるわけで……。

今生の両親は勿論、この村自体にも、今では親しみを感じるようになった。

意外とスローライフが性に合ったのだ。

朝日と共に目覚め、生活に必要な仕事をこなし、自然の中に生きていることを実感しながら、疲れと共に眠りにつく。

そんな日がな一日が好きだった。

いや〜、やってみるもんだなスローライフ。

こんなにも肌に合うとは……。

思ってもみなかった。

前世では常に時間を確認しなきゃ落ち着かない毎日で、『睡眠時間は短く一日の活動時間は長く』を標榜していたから。

パソコンの画面を見るために寝起きするロボットのような暮らしぶりだったと言えば分かるだろうか。

当初の俺は、『やってられるかよ⁉　田舎暮らしだあ？　はぁん！』なんて反抗的に抱っこをイヤイヤする赤ん坊だった。

意識が変わったのはいつからか……実は俺もハッキリと覚えていない。

久しく感じることのなかった人との触れ合いを、心配そうに見つめてくる両親から感じれるようになった時からか……もしくはゆっくりと進んでいく時間の中に、焦りではなく心地良さのようなものを見つけられた時からか……。

気付いたら、だ。

気付いたら――不安が消えていた。

なるようになるだろう、と思える域に達していた。

前の体はどうなった？　とか、ほんとに生まれ変わったんだろうか？　とかは置いておいて。

一先ずは――レライトとしての人生を生きてみようかな、なんて。

そんな考えに至ったわけだ。

◇

何故それが秘密なのかと言うと……。

まあ、気持ち悪いし。

突然息子がそんなことを言い出したのなら、親は病気を心配し、友は離れ、集落からは村八分、最悪放逐されるであろう未来まで見えた。

まず頭のおかしな子であるという風評は免れないだろう。

俺だってそんなこと言い出す奴が会社に居たら、極力関わらないようにするし、なんならそいつのデスクに精神科のある病院の連絡先を貼り付けるまである。

他人事ならば笑い話。

しかし己の事というのだから辛い話である。

なのでナイショ。

まあ、ナイショも何も……俺が言わなければいいってだけの話だ。

夕日を背に意味深にポーズをキメて「実は俺には……前世の記憶があるんだ」的なことを。

転生云々が他人に見分けられるわけでもあるまいし。

黙っていればオーケーだろう。

下手にしゃべくり回して魔女裁判に掛けられるような事態になられても困る。

宗教とかあるだろうしね。

つまり普通の子供を演じていればいいのだ。

実は俺……転生してきたんだ！　などという頭のおかしなカミングアウトをすることもなければ、現代知識を利用すればこんなに便利！　などというドヤマウントを取ることもなく。

ただ普通に、あれれぇ？　おかしいなぁ～？　とか言ってれば大丈夫。

いやそれ色々と大丈夫じゃないけど。

のんびり平和に暮らしていけば、自ずとそれは付いてくるもの……だと思う。

たぶん。

それで言ったら、聞いたことのないお伽噺《とぎばなし》を知っているというのは危ない線ではある。

しかし子供が話すことなのだ。

最悪問い詰められたとしても妄想ということでオチがつく。

万が一を想定してテッドやチャノスにも語らせたことがあるので大丈夫だろう。

ちなみにテッドの話すお伽噺は次々と出てくる悪役を主人公が倒すという少年マンガのようなもので、チャノスの方はどの話でも絶対にお金持ちになって終わるというものだった。

願望ダダ漏れである。

お互いが長男坊で家業もあるというのに、二人共目指しているのが冒険者で辿り着きたい未来《さき》は違うというのだから……。

音楽性の違いとかが出て来ないといいね。

そんな将来の冒険者パーティーの火種はともかくとして、俺の話すお伽噺は出来が良い物として他の子供には認識されている。

少なくともテッドとチャノスのよりかはね。

うん、まあ、俺の考えた話じゃないんだけども。

ここと向こうじゃ文化が違うから、もしかしたら面白くないかもなんて可能性もあったのだが……。

宝箱の中身が煙なのも、主人公が爺さんになったのも、案外受け入れられている。

「不用意に開けるからね！」

とケニア。

こちらの世界ではお土産が罠でも割と変ではないらしい。

なにそれ怖い。

これだから貴族制がある世界はダメなんだ。

いや貴族制なのかどうか知らんけど。

領主がいるっていうからそうだと思っている。

ファンタジーな世界なので、老化する煙も海の底の屋敷も不思議じゃないっていうね……どうなってんだよこの世界。

フィクションがフィクションとして成立していない。

子供の教育としてどうなの？

「スー……スー……」

「……」

まあ参加者の過半数が寝てるから問題ないかな？

「今日のお話も面白かったわ。さすがはレンね！　やっぱり宝箱なんて軽々しく開けちゃダメなのよ。テッドのお話だと魔物が落とした宝箱を直ぐに開けちゃうの。魔物が持ってた物なのによ？　魔物のよ？　そんなの絶対に危ないじゃない！　チャノスのお話だと、中身は凄い財宝だったりするんだけど、そんなに美味い話ってあるのかしら？　ダンジョンなら大丈夫！　とか言ってたんだけど。ああ、大丈夫よレン。あたし、将来ダンジョンに行くことになっても宝箱は開けないから！」

そもそもダンジョンとか行かねー。

世界が違えばお伽噺から得られる教訓も違うんだね。

「姫様は魔物使いか何かね……。当たってるでしょ？　サハギンとかマーメイドを操ってたから間違いないわ。喋る亀っていうのは初めて聞いたけど……凄い高位の魔物使いなら……うん。高すぎる実力を危ぶまれて海底に追いやられた魔物使い……そう、そうだわ！　そして主人公は姫様を追いやった家の次期当主とかなのよ！　子供を作れない歳にしたの！　家を潰すために！　どうこれ⁉　当たってるんじゃない！」

いやほんと子供の妄想って凄いや。

お伽噺とか話して大丈夫かなぁ？　変な常識が植え付けられたりしない？　とか不安に思ってた自分が恥ずかしいよ。

「ねぇレン？　聞いてる？」

「聞いてる聞いてる」

「聞いてないじゃない！」

どう返せと言うのか？

顔を赤くしてペチペチと叩いてくるケニアを避けることはできない。

テトラが寝てるから。

動いたら起きちゃうだろ？

甘んじて受け入れようと思う。

だからここの返事はこうが正解かな？

「効いてる効いてる」

「聞いてないでしょおおお⁉」

これも違うというのだから、返事は最初から一択。

「うん。実は聞いてない」

「ほらぁ！」

それでも結果は同じ。

ペチペチペチペチ。

最初から世界の半分なんてくれる気ないんだろ？　じゃあ選択肢なんて出さないでよ、全く。

テトラの枕兼ケニアのサンドバッグになっていると、寝てても喋らないターナーの目が開いた。

割と最初の方で眠っていたので、実は話を全然聞いていなかったであろうターナー。

ショボショボとした目には俺の現状が映る。

酷い……身動き出来ない状態で滅多打ちだと？

同じ男のよしみで助けてくれるかな？

再び閉まる瞼に拒絶を見た。

委員長無双である。

どこの世界であろうと女性というのは強いのだ。

うちの家庭然り。

知ってた。

さて、どうしよう？

隣りの女傑に視線を合わせれば、何が不満なのかムームーと唸り声を上げて猛る始末。

別にケニアの打撃が痛いわけじゃないんだけど、そろそろご機嫌取りの一つでもしておこうと思う。

幼馴染みの少女をいつまでも膨れっ面にしとくのもあれなんで。

「……皆寝ちゃったし、計算でも教えようか？」

「ほんと⁉」

見ろよ、入れ食いだぜ？

泣いた烏がって言うぐらいの笑顔になったケニアに、俺も釣られたような笑顔で返す。

これが大人のやり方である。

……でも結果として見れば。

どの子供にも上手い具合に転がされているようにしか見えないわけで……。

だから嫌なんだよなぁ……ここに来るの。

◇

今日もよく遊ばれた……。

家への帰路を一人で歩きながら今日一日を反芻《はんすう》する。

昼も半ばからテッドに連れられて、チャノス家の小屋で妄想お伽噺。

指折りしながら数の数え方を教えるという苦行をこなしつつ、テトラの相手。

ターナーの独特なコミュニケーションに苦戦していると、テッド《バカ》が青い顔して入ってきて、チョンマゲが怪我したから助けてくれと大騒ぎ。

ただ転んで怪我しただけだったんだけどね……あいつ、俺を便利屋扱いしすぎじゃない？

そういう時は大人を呼べよ。

はぁ……疲れたなぁ。

肩をグルリと回す。

別に凝っているわけじゃないんだけど、これも前の世界での習慣である。

油断していると無意識にやってしまう。

まあ、そんなに変な事でもないとは思うんだけど……いや子供がやってたら変かな？

注意しよう。

とはいえ、ド辺境の人影皆無な田舎道。

誰に注意するのかと思うこともある。

あくまで心に留める程度にして、考えを切り替えるべきだろう。

一日の最大にして最後の楽しみ、夕食の献立へと――

子供らしい思考としては満点である。

変われば変わるものというか……実際別人なんで勘弁してほしい。

今生では野菜が大層口に合う。

というか美味い。

異世界野菜がマジで美味い。

前世でも嫌いというわけでもなかった野菜なのだが、今では大好物へと進化した。

野菜独特の苦味や渋みは勿論のこと、甘さや辛さに深みがあるというか……調味料との組み合わせが抜群というか……。

洗って食べるだけでも満足感が高い。

米の無い生活というのも意外に慣れた。

味噌や醤油を懐かしく思うこともあるが、強く求めることもない。

こちらにはこちらの調味料があるしね。

夕食は……ふかした芋に粗塩掛けて食べたいなぁ、なんて思うぐらいにはこっちの食生活に馴染んでいる。

……待てよ？　大根っぽいのを焼いたやつでもいいな？

なんて子供らしく夕食に思いを馳せていたら、通りの先を歩く人影に気付いた。

知っている人影に思わず声が漏れる。

「父さん？」

「うん？　ああ、レンか。今帰りかな？」

呼び掛けると振り返って立ち止まってくれる人影。

茶髪で茶目の細い体。

しかし毎日のように木こりの仕事をこなしているせいか、そこそこに引き締まっていて、なよなよしている印象はない。

柔和な笑みを浮かべて優しい雰囲気を醸し出すこの人が、ここでの俺の父親だ。

「うん。父さんも、今日は遅かったんだね？」

「う、う〜ん？　レンに言われるのも変な気がするなぁ。レンの方こそ遅いじゃないか。あんまり遅いと母さんに怒られるぞ？」

「気をつけるよ」

ニコニコと嬉しそうな父に笑顔を返す。

我ながら理想的な親子関係を構築していると思う。

しかし、だからなのか――


隣りに到達したところで手を繋がれてしまった。


……ひえええぇ。

五歳の子供に対する親の対応としては間違っていないのだが、こちらとしては叫んで走り出したい衝動に駆られる。

精神年齢《メンタル》が上なことでの弊害である。

「ん？　どうかしたかい？」

「……ううん、別に」

死にそうなだけ。

まだだ、まだ親との手繋ぎを恥ずかしがるには早い！

俺の子供っぷりは、基本的には村にいる子供を模倣しているので、ここで恥ずかしがって逸脱するのもマズいと思う。

あのクソ生意気なチャノスですら未だに母親と手を繋ぐのだ。

せめてあと一年は待つべきだろう。

口調ですら『僕』にして精神年齢を悟られないようにしているというのに、ここでそんな自立精神を見せてどうする？

耐えろ！　耐えるんだよぉおおお!?

うおおおおおおおおおおおおお！

目前にある家に向かって駆け出す子供に、やれやれと言わんばかりに引っ張られる父親。

沈みゆく夕日に照らされて、親子の影が畑へと伸びる。

穏やかな田舎の光景だなぁ（ガチギレ）。

「どうした急に？」

「ちょっと早く帰りたくなってさ（逃避）！　お腹減ったし！　夕飯何かなぁ（現実逃避）？」

子供のコメカミに浮かぶ血管が無かったら尚良かったかもしれない。

大丈夫さ。

口調も思考も行動も、完璧に子供のそれだから！

ただ残念なるかな、精神が大人ってだけで……。

…………はぁ。

異世界スローライフも……楽じゃないよな。

早く大人になりたい。

第5話

田舎の朝は早い。

これが嘘でもなんでもなく、本当に早い。

別に目覚ましなんて掛けてないのに、自然と朝日が顔を出す時間に目が覚めるようになった。

異世界で付いた習慣だ。

起き抜けに栄養ドリンクを欲しがらなくなったのは、この世界の食生活のおかげか、もしくは体が若くなったおかげなのだろう。

好きな味だったんだけど……全く欲しく無くなった。

ともあれ飲んでいる時より調子が良いので問題は無い。

親子『川』の字になって寝ていた布団から抜け出してトイレへと向かう。

こればかりは生理現象、どこの世界だろうと変わることがない。

トイレの形式は、いわゆる落とす形式《ボットン》で、便座から深い穴が覗いている。

爺ちゃん婆ちゃんの家にあったのと一緒だが、ここに『汲み取り』なんてものは来ない。

じゃあどう処理するのか。

そこはそれ、ちゃんとこちらにはこちらで発展している文明がある。

魔晶石文明とでも呼ぼうか――あちらでは到底理解出来ないであろう文明を。

魔晶石とは自然力《マナ》を内包するという石で、こちらの文明はその石の便利さによって生活を支えられている。

ただの穴であるトイレ。

放置していたら排泄物で溢れ返るであろうトイレだが、ここに土の魔晶石の粉末を一摘み。

するとどうだ、あーら不思議（棒）。

排泄物がただの土塊《つちくれ》へと変わるじゃありませんか、うへへ。

どうなってんだ全く、息しろよ科学。

変化した土塊は穴の底に沈み込むように溶けていくので、その体積も積み上がることがないという不思議《理不尽》っぷり。

叫び出したい。

地球に謝れ！　と。

これ一つだけであちらの世界の色んな問題が解決してしまうのに、こちらでは日常で見掛ける極当たり前の光景だというのだから……。

世界が変わると常識も変わるんだなぁ、って思うよ。

トイレから出て水瓶から汲み取った水で手と顔を洗う。

所々に入り交じるローテクとハイテク……というかオーバーテクノロジー。

水道なんてものは無く、その日使う分の水は普通に井戸から汲み上げてここに溜めておく必要がある。

魔晶石というのはその純度や大きさによって値段が変わるらしく、うちのような農家では最低限のことにしか利用していないのだから仕方ない。

これが富豪や貴族になると水道どころか魔晶石コンロや魔晶石冷暖房といった便利グッズまで所持しているとかなんとか。

この魔晶石、土や火といったような属性が存在していて、内包される力によって効果が変わるという特性がある。

ありがち。

土水火風の四大は勿論、雷や氷なんてよく聞きそうなものから、色や輝という聞いたことのないものまで、様々な種類の物があるそうだ。

属性に貴賤無し！　――なんてことはなく、希少性という面での優劣がハッキリと付いている。

四大だけでも、火、風、水、土の順に価格差が存在していて、火は土なんて目じゃないぐらいの高さを誇る。

農家には関係の無い魔晶石ですよ、ええ。

なので、ご飯を作る時の火熾しも手動。

スイッチ一つで火が出るということもないので、早起きしないと朝ご飯の時間は遅れてしまう。

だから早起きしてまで火熾しをしているって訳じゃないよ？　あくまで自然と目が覚めて、仕方ないからやってあげよう的なね？

ああそうそう育ち盛りの子供が飯をせっつくなんてよくあることだよね？　これもまた演技の一環なんだよ、うん。

少しばかりの肌寒さを感じながら、家の外にある薪置き場から薪を調達して戻る。

これまた歴史を感じさせる竈《かまど》の中に、持ってきた薪を細い枝や乾燥した藁と共に放り込む。

さて火熾しなのだが。

うちには火の魔晶石なんてとんでもねぇもんは無ぇ。

しかし火打ち機的な物が存在してるのでそれを使う。

金属で出来た定規のような形状で、取り付いたレバーを引くと排出口から火花が出るといった代物だ。

凄い便利。

昔のライターの着火部みたいなものだよ……きっと。

それにしてはめっちゃ火花出るやん、とは思うけど。

両親がまだ寝ているうちにシュコシュコやって火を付けるのが俺の日課となっている。

……いや他意は無いんだよ、ほんと。

ただ夫婦なんだもの、そりゃ色々とあるよね。

子供が寝ている時間に色々……。

ああ、うん、大丈夫。

僕、子供だから分かんない。

そんなところだ。

ただ、次は是非とも妹でお願いしたい。

そんなことを思う毎日です。

着けた火が消えないように、筒で空気を送り込んで火を大きくする。

枝や薪に火が移ったのならもう安心、大人しく母が起きてくるのを待つばかり。

少しすると、布団の一角がもぞもぞと動き始める。

起き上がった人物の姿は……わお母上！　見せられないよ！

「…………レェン……ぉあよう」

「……おはよう、母さん」

昨夜はお疲れでしたね、なーんてね……。

……仕方ないねん……心が、心が大人だから！　汚れているから！　転生前の記憶があるから！

つまりは神様のせいであって俺のせいじゃない。

そう思う。

「はい、お水。タオルここに置いとくよ？　服は自分で探してね。水汲みに行くから火の番よろしく」

孝行息子として甲斐甲斐しく母の世話をやいているだけであって、誤魔化したり逃げ出したりしているわけではない。

色々と拭いてほしいなぁ、とか思ってるわけじゃないから。

決してないから。

桶を引っ掴んで家を出る。

水を汲む為に井戸場へと向かうのだ。

逃げているわけじゃない。

朝の井戸場にはチラホラとご近所さんの姿が見えた。

村には他にも井戸があるので、ここに村人全員が集まるということはない。

居るのはご近所さんオンリー。

「おー、レン。今日も母さんの手伝いか？」

「はい。おはようございます」

「はい、おはようさん」

近所のおじさんおばさんに朝の挨拶を返しつつ、順番待ちの列へと加わる。

水瓶の水を溜める為に、しばらくはここを往復する必要がある。

水瓶がいっぱいになる頃には、母にもスイッチが入るだろう。

ここまでが俺の朝のルーティーンだ。

両親が若いって良いことばかりじゃないよなぁ……そんなことを思う五歳児です。

◇

朝食を済ませると、まず父が狩りへと出掛けていく。

「いってらっしゃーい」

「うん、いってくるよ」

母と食器を洗いながらそれを見送り、使用した水を捨てに行く。

と言っても、専用の捨て場があるとか下水があるとかではなく、道に放るだけなのだが。

なんとなくで家の近くには捨てていないけど、あんまり遠くに意味はないだろうなあ。

これが大きな街になったりすると上下水道が整備されていたりするんだとか。

浄水器代わりに使われているのは水の魔晶石あたりかな？

まあ、うちには縁の無い話だ。

特に不便にも思っていない。

無きゃ無いで生活できるもんなんだなぁ、としかね。

昔を思えば驚いてしかるべきことだが。

学生の頃……いや、たとえ社会に出た後だろうとも、「お前は将来田舎暮らしをする」なんて言われたところで『宗教？』と疑ったであろうビジョンしか浮かばない。

それぐらい、今の生活っていうのは前の俺から掛け離れているように思う。

人間って変われば変われるもんなんだなぁ……いや変わり過ぎじゃない？　もはや別人なんですけど？　ああ別人か。

朝食の後片付けを終えたら、母と共に畑へと出る。

畑仕事は基本的に涼しい時間に終わらせることが多いので、朝のうちからやる。

太陽が高い昼頃は休憩が多めだ。

脱水症状や熱中症にならないための知恵なんだろう。

この時間の手伝いに関しては特に何も言われることもない。

遊んでこいと言われないのはいいねぇ。

赤ん坊の頃から背中におぶさって見ていた作業なので、割と直ぐに覚えられた。

適度に働くことには母も賛成なのだろう。

分からないところは教えてくれる。

しかしこれが一日中ということもなく……少し早めの昼ご飯を食べたなら、遊びに行ってこいと言われるのもまた定め。

ちなみに昼は母と二人だ。

父は畑仕事では力作業を担当しているので、種植えや収穫などでは活躍するが、それ以外の日は基本的に狩りに出たり木を切ったりして過ごしている。

そのため昼に居合わせることが少ない。

雨の日はまた別なのだが、今日はいい天気である。

「それじゃ、お手伝いはもういいわよ。ありがとう。天気もいいし、外に遊びに行ってきなさい」

「う、うん……いってくるよ」

昼を食べ終わると言われる定型文。

母上……息子はボチボチ反抗期です。

元気よく飛び出していく五歳児を演じながら、心の中では残業気分。

それならまだ家で昼寝でもしてた方がと思わなくもない。

しかし村長の息子であるテッドには関係なく叩き起こされるのだ。

どうしろと言うのか？

これが封建制ってやつかな……いや違うな。

今から日が沈むまでが自由時間という名の拘束タイム。

たまに全力で逃げ隠れするのだが……遊びだとでも思われるのか全員に追い回される始末。

テトラが泣き出したところでゲームセット。

それが毎度のオチ。

……可哀想になって出て行っちゃうんですよね。

平の農民にとって自由なんて幻なんだよ、きっと……。

しかし昨今のテトラのお昼寝具合を見るに、待ちきれずに寝てしまう可能性も……あると信じたい。

ならば虐げられし者の主張ではないけれど、今日は村の中を逃げ惑いながら暇潰し《時間稼ぎ》といこうじゃないか。

家の前で待っていればお迎えが来るので、村の外周を回ろう。

見通しのいい一本道も、このときばかりは裏目になる。

早いとこズラからねば鉄砲玉が来てしまうから。

小さい手足を目一杯振って村を囲っている木壁を目指した。

「あー！　おーい！　レェーン！　どこ行くんだよお！」

シット！　もう来やがった！

お前ちゃんと飯食って来てんのかよ！　毎度毎度早過ぎるだろ⁉

聞こえない振りをして外周を目指す。

奴も人の畑を横断するような躾《しつけ》はされていないので、こちらが聞こえない振りをしたら諦めて人数を増やすために一度帰っていくのだ。

挟み撃ちをするために。

前の世界での子供なら畑があろうとなかろうとショートカットを選択していただろう。

無邪気であっても害になるならやってはいけない。

そういうことを親に口が酸っぱくなるほど言われているので、この村の子供は万が一にも畑を横切ったりはしない。

食材の大切さを知っているからだろうか？

おかげさまで余程の脚力の差がない限り、一本道で追い付かれるなんてことはない。

しかし見つかってしまったので、午後からも体力を使うことになりそうだ。

振り返って敵方の様子を探る。

まだ捕まえた訳でもないというのに、帰っていくテッドは楽しげ。

その姿にムクムクと反発心が募る。

……言っとくけど負けたことないからな？　勝ちを譲ってるだけだからな？

毎回同じオチで終わっているので、勝利が約束されているとでも思っているのだろう。

テッドの得意満面な表情に、ちょっと本気で逃げてやろうか、なんて思う。

こちらとしては、つまりあれだ。

ここらで一発シメとくか、的な？　ね。

第6話

村の外周は木壁で囲われている。

丸太を地面にぶっ刺して造った木壁で、そこまでの耐久力は無いと思われる。

高さも不揃いで、低いところは二メートルちょいしかない。

壁の造りからも分かる通り、森に大した脅威は無い。

単なる獣避けと、小さい子を森に行かせないためのものだろう。

……子供になってみると確かに絶壁で、下りることまで考えれば登ろうなんて思わない高さだ。

壁伝いに走れば村を一周できる。

今のうちに距離を稼ごうと壁沿いの道を走っていると、切った丸太を椅子にして薪を割っている老人が道を塞いでいた。

壁際に住み着いている村の住人といえば、一人しかいない。

まあ、村の中心から遠くて不便だし、万が一を考えた時に一番危ない場所なので、誰も住みたがらないのは分からなくもない。

そんな普通の村人なら嫌がる場所へと居を構えているのは、頼れる村の知恵袋、ドゥブルと呼ばれる爺さんだ。

この人だけは村でも特別枠。

村長さんだって敬意を払う。

それはこの人の持つ特異性にある。

性格が無愛想だとか、そのくせ子供好きだとかではない。

「こんにちはー」

「……」

姿が確認できるぐらいの位置で足を止めて挨拶をすると、こちらを一瞥した後で道を空けてくれた。

わざわざ作業の手を止めてくれるのは、作業中に子供が横切る危険性を理解してくれているからだろう。

ムッツリした顔だけど。

根は良い人なんだよなぁ。

子供達には度胸試しとして使われることが多いけど。

ドゥブル爺さんはその特異な能力を活かして炭焼きをやっている。

なんせ材料は村の周りに溢れるほどあるのだから困ることがない。

うちも炭をよく分けてもらっている。

お世話になってまーす。

軽く頭を下げながら通り抜けると、ほんの僅かに頷き返すドゥブル爺さん。

俺の異世界ツンデレの初遭遇が炭焼きの爺さんだというんだから……ファンタジーってのはフィクションだよね。

しかしこちら側に逃げた理由ってのがドゥブル爺さんという存在の抑止力でもあったので、目論見は上手くいっていると言える。

ターナーとテトラ以外はドゥブル爺さんにビビッているので、こっちの捜索は無意識に後回しにする筈だ。

もしくは遠目で確認して回れ右が関の山だろう。

アンが特に苦手だからなぁ。

良い人なのにな、ドゥブル爺さん。

さて何処に行くとしよう?

上から見た村の形は円形なので、このまま四分の一も走ってしまうと美味くない。

適当な木に登るなり土手に身を伏せるなりして隠れるのがベストだろう。

もしくは村の西側にある教会へと逃げ込むのもいい。

村の西側にある、ともすれば大きめの民家にしか見えない建物が教会だ。

地元民じゃなきゃ分からない隠れ家レストラン的な渋さが売りとなっている。

教会といってもシンプルな造りで、神様の像だと言われている変なキメラっぽい生き物の木彫りが部屋の中央に置かれているだけのワンルーム設計。

木彫りを中心に長椅子が三列、三角形状に設置されてはいるが、満員になっているのを見たことがない。

基本的には爺婆の寄り合い所的な立ち位置。

管理は神父のおじさんがしている。

神父のおじさんは金髪碧眼の外人傭兵部隊出身なんじゃないのって出で立ち。

聖書よりも葉巻きが似合うミドルガイで、子供だろうと容赦ないことで有名。

悪ガキの躾に一役買っている。

教会に逃げ込む……のは井戸の中に隠れてからでいいかな。

別にビビッているわけじゃないよ？

こちらは各子供の特性を把握しているのだから、何も危ない橋を渡る必要もないな、って判断だ。

いやほんと。

火の玉《キャノンボール》テッド、目端が利くチャノス、木登り得意猿アン、マイペースターナー、意外に粗忽ケニア、残虐天使《プリティエンジェル》テトラ、とメニューも豊富な幼馴染達。

それぞれの得意不得意を計算すれば、たとえ狭い村の中であろうと日没まで逃げ切るなんて容易いことよ。

頭脳は中年、精神子供をナメんなよ？

周りを見渡して、誰もいないことを確認してから村の西側にある井戸の中に入る。

井戸の中は想像よりも広くないので窪みに足を掛けたり手を突っ張れば隠れられる。

滑車からロープが垂れているが、子供の体とあっては邪魔にもならない。

ここで桶を被って奴らが通り過ぎるのを待っていよう。

井戸の中まで確かめようとする奴は、幼馴染の中には多くない。

強いて言うなら目端の利くチャノス辺りが気付くかもしれないが……。

しかしチャノスはドゥブル爺さんと神父のおじさんを苦手としている。

厳《いかめ》しいタイプが嫌いなんだろう。

西側の担当から、それとなく外れようとするに違いない。

なんだかんだと言い訳をするチャノス。

で、結局自分の安全圏である商店周りの担当に落ち着くんだろ？

……幼馴染達の話し合いなんて手に取るように分かるよ、ほんと。

こちらの担当はテッド……もしくは委員長ことケニア辺りに決まることだろう。

二人とも細かいところには目が行かないので、井戸の中に潜ってさえいれば安心だ。

万が一見つかったところで、ケニアなら応援を呼んでいる間に逃げられるし、テッドは見つけた時に声を上げるだろうから……実は一番余裕あるよな。

こちらに抜かりはない。

さあ子供から本気を出して逃げる大人はここだ、捕まえられると思ってんなら捕まえてみるといいさ！

たまには敗北を知ることも成長だよ。

第7話

成長しました。

「ほんとにレンは寂しがり屋なんだから！　構ってほしくてそういうことするのね、もう！　子供なんだから！　しょうがないから付き合ってあげたけど、早く直しなさいよね！」

「……指足《ゆびた》ししよ。指足し」

ベッドでスヤスヤと眠るテトラの手は、俺の服を掴んで離さない。

ちょっと幼馴染達が非情過ぎて困る。

どういう教育受けてんの？

ケニアは得意気に対面のベッドで足をパタパタとさせながらマシンガンのように捲し立て、ターナーは己の欲望に忠実に俺の背中をグイグイと押してくる。

いつもの小屋だ。

デッドエンドだ。

上手くいっていた筈なのに……。

どうしてこうなった？

予想通り過ぎて困るぐらい順調に幼馴染達を翻弄できた。

自信がある。

隠れていた井戸の向こう側を、テッドが爆速で走り抜けて行き、それにケニアが文句を言いながらも碌にチェックもせずに追いすがり、嫌々ながら来たチャノスに見つかって、応援を呼ぼうとしている間に村の中央付近に逃げた。

建物や木々を利用してやり過ごし、キレたターナーが教会に角材持って入り込むのを見物しながら、溜まり場の小屋付近に潜伏して完封。

『ここにいるのにな～？』なんて、お里が知れそうな悪い笑みを浮かべながらの観戦だった。

完璧、まさに完璧なスニークミッション。

しかし満を持して最終兵器が登場。

ギャン泣きするテトラが視界をフラフラ。

幼馴染どもは鬼なのかな？

隠れ鬼と呼ばれる、こっち版かくれんぼ。

複数で鬼を追い回すという、どちらのことを鬼と呼べばいいのか分からない遊び。

そう、遊び。

遊びなんだよ？

遊んであげてるじゃん……。

なのに幼馴染達は躊躇《ちゅうちょ》せずに最終手段を切ってきた。

慚愧《ざんき》の念を掻き立てろとばかりに泣き声を上げて必死に俺の名前を呼ぶ幼子。

足取りはヨチヨチフラフラと危なく、親を見失った迷子のよう。

秒で陥落するよね？

何が酷いって他の幼馴染達はそれを平気そうに見てるのが酷い。

お前ら鬼だよ！　お前らが鬼だよ⁉

「……さん？」

「いや二」

「に……さん」

誰が兄さんやねん。

指で手を叩いたら立てる指の本数が叩いた指の分だけ増えていくというゲームをしながら、次こそはと決意を固める。

次こそは……！　次こそは心を鬼にしてこの悪魔どもに敗北を教えよう……！

なんでもかんでも思い通りになると思われたら将来困るからな、うん。

畜生共め！　テトラ、巻き込んでごめんね！

「ちょっと！　あたしも交ぜなさいよ！　交ぜるべきだわ！」

お前ら混ぜたら危険に決まってるだろ？　分かれ。

願い届かず、途中参戦を果たしたケニアがいそいそとベッドに上がってくる。

子供とはいえベッド一つに四人って君らバカなの？

ケニアの手を俺の手が叩く。

「五ね！」

「四だから」

バカだった。

指を足し引きしつつ雑談に興じて……今日もまた終わるのだろう。

……まあ、あれだ。

色々と疲れるが――悪くない。

そう思えるようになった。

子供だからなのか田舎だからなのかは知らないが、ここで過ごす時間というのは本当にゆっくりと流れている。

それが妙に心地良い。

スローライフとはよく言ったもので、今までの人生がいかに急かされて生きてきたかを実感できる。

そういう人生が悪いとは、未だに思ってないけども。

別の生き方だって悪いものじゃない。

ふとした拍子に、『気がつけば前の人生に戻っているのでは？』と思うことがある。

赤ん坊の頃はそれを待ち望んでいた筈なのだが、今ではそう思う度に不安と寂しさを覚える。

未練が無いわけじゃない。

積み上げた人間関係や、歩んできた道のり――――そんな諸々を含めた俺の歴史。

大したことない、どこにでもいるサラリーマンの人生。

それでも……それでも、なんだよな。

つまらないと思っていたものでも、無くなるとなると酷く惜しく感じてしまう。

なんでこんなことになっているのかも分からないのだから、俺にはどうしようもないことなのだけど。

もし、万が一、元の世界に、前の人生に、帰る時が来るのなら……。

それまでは――――こいつらに振り回されるのも、悪くないかなぁ。

そう思う。

……まあ、成長期を迎えて家の手伝いが始まれば、心配せずとも、こいつらだって落ち着くんだろうけど……。

その時までは……。

「あ。あたし気付いたんだけどこれって数字の勉強になるんじゃない？　凄い発見よね！　みんなに教えたら良いんじゃないかしら？　ねえレンどう思う⁉」

「……足の指もあり」

「…………れー…………れー……」

前言撤回で。

やっぱり振り回されるのは無しの方向でお願いします。

第8話

緊急事態発生。

いつもの小屋だ。

しかし人口密度が高い。

何故か？

この村の未来を担う若者が集合しているからだ。

幼馴染の六人は勿論だが、この村には他にも子供がいる。

顔を見ることがないのは年齢差のためだろう。

家の手伝いを始めた頃から、この小屋というか子供の遊びを卒業し始める村の子供達。

例外あり。

まあ、一部の例外《俺》を除くと、歳の近い者同士が幼馴染グループとして出来上がる村事情。

学年差というか小・中・高みたいな差が存在する。

ただし先輩云々などはない。

別に悪い意味じゃなく、ノータッチな関係というか、全員がフラットというか、そんな感じだ。

唯一例外があるとしたら悪ガキ筆頭のテッドとチャノスだろう。

次期村長候補と商家の若旦那だからね。

少し甘やかされているところがある。

良くないね、ああ良くない。

そんな二人をシメちまおうと考えた別の幼馴染グループが溜まり場にやってきた――――とかではない。

残念ながら。

この村の気性なのか、生意気だからシメちゃおうという考え方は無いようだ。

……ちぇ。

では何故、他の幼馴染グループが小屋にいるのか？

それは親に言われたからだ。

ここで待っているように、と。

俺も言われた。

おかげさまで小さな小屋の中は子供でギチギチです。

大体二十人弱といったところか……。

この村の子供グループは、大きく分けて四つ存在する。

一つは赤ちゃん世代。

実はテトラもここに入るであろう世代で、小屋に来るというか基本的にまだ一人歩きが難しい赤ん坊達のことだ。

どっかのイタズラ坊主が世話を投げなければテトラもここに所属していたと思う。

まあ、テトラも大きくなったらテッドみたいに一つ下の世代の主に……なってほしくないなぁ。

二つ目は、個性派世代。

現役の小屋世代で説明は不要だろう。

神父のおじさんに怒られるのが一番多い世代だ。

なんでだろうね？　不思議。

そして三つ目が、大人準備世代。

歳の頃は中学生ぐらいの子が多いんだけど、成人の年齢を考えると大人の一歩手前と呼んでも差し支えのない世代で、親の手伝いという仕事もこなしている。

それ相応のプライドも醸成されているからか、自身では既に大人と変わりないとか思っていそうな年頃である。

歳下と一緒の小屋に入れられるという子供扱いが不満そうなので直ぐに分かった。

でもここで騒ぐのも子供っぽいからと大人しくしている。

働いていても不思議じゃない世代。

俺もこの世代に生まれたかったよ……。

最後に、既に大人と目されている成人世代。

成人一年生ぐらいの年齢で新卒の社会人的な立ち位置である、世話役だった娘の世代だ。

半分子供、半分大人みたいな扱われ方をされている。

でも年齢的には間違いなく大人なんだよね。

世話役だったお姉さん以外はよく知らないけど。

そのお姉さんだって村ですれ違ったら少し話をするぐらいだから尚の事である。

主に話すのも仕事の愚痴という……世界が変わったところで変わらないものもあるんだなぁ、といった内容。

この村の年齢が浅いのか深いのかは聞いたことないので分からないけど、たぶん父母の年齢からして上の世代は村生まれじゃないと予想している。

出身地の話で盛り上がっているのを聞いたことがあるような気もする。

まあ覚えてないけどね。

それが温度差となっている今現在。

しかしワイワイと賑やかなのは一つのベッドを占拠している第二世代だ。

狭ぇよ。

ちなみに六人である。

今日はテトラ抜きのメンバー構成。

赤ん坊世代は赤ん坊世代で纏めて世話をしているらしく、テトラはそちらに放り込まれた模様。

向かいのベッドには見掛けたことはあるけど親しくはない少年二人が腰掛け、他の子供達は床に座っている。

テーブルの上だけが唯一の空白地帯だ。

幼馴染共と違って、他の子供達は静かである。

というか心配そうな表情であったり、不安そうな表情であったりと、いい顔をしていない。

原因は大人が開いている会議……だと思う。

『こいつら、うるせえなぁ……』的な表情じゃないよね？

だとしても『こいつら』に俺を含めないでね？

俺は喋ってないんだし……。

大人しい俺の肩を子供らしい幼馴染共が揺さぶってくる。

「……指足し」

しないから。

「あたし気付いたんだけど薬指から指を上げると小指も一緒に上がるのよね。これってあれよね？

け、け、けっこん？　けっこんだわ！　ちめーてきけっこん！　どうしたらいいと思う？」

薬指やめればいいと思うよ欠陥娘。

「全員大集合だぜレン！　ワクワクするな？　親父達、なに話してんだろな？」

ドキドキすることだと思うぞ？

人見知りを発揮させたチャノスとアンは言葉少なだが、他の幼馴染共は何処吹く風と賑やかだ。

若干チャノスがクールキャラアピールをしてなくもなさそうな感じなのだが……普段接さない年上が近くにいるのでビビっているだけだろう。

他の幼馴染グループを加えた小屋の中の男女比は半々といったところ。

俺達の年代は男に偏っているが、上はそうでもないらしい。

でもベッドを占領しているのは男。

まあ、子供だから。

もしくはレディーファースト的な概念が無いだけなのかもしれないけど。

肩をガクガクと揺すられながらそんなことを思う。

「……指足し。指足し指足し指足し」

「親指で押さえたら大丈夫だわ！　あたし、見つけたんだけど！　ねえ！　……でも不思議よね？　なんで薬指だけ上げると小指も付いてくるのかしら？　……ねえ、聞いてる？　ねえレン、ねえっ てば！」

「大人だけ集まるとか初めてだよな？　なんだろな？　気になるよな！」

えーい、やめろやめろやめろ。

「――だったら、見に行ってみないか？」

余計なことを言うのはやめろ！

第9話

もはや俺を揺する遊びと化していた幼馴染共の奇行だったが、チャノスの言葉にピタリと動きを止めていた。

てめぇ人見知りコラ黙ってろ。

見ろ、アンがビクつき過ぎて気を失って……こいつ寝てね？

信じられないよ。

どうりで大人しいと思った。

俺の幼馴染共が個性的過ぎてついていけない件。

……どうするか……指足しする？

「み、見に行くって……お、大人の話を……盗み聞き、するのか……？」

おっと、テッド君はあまり気乗りしてないみたいだね。

そうね、君はそう。

チャノスも親友が乗り気じゃないとなれば……。

「ビビってんのか？」

煽《あお》るのかよ。

なんかチャノスがいつもと違って、ややぶっきらぼうというか反骨心があるというか……なんでだ？

なんかあった？

そういえば今日はあんまり喋ってないね？

てっきり人見知り全開してるのかと思ってたよ。

「ビビってない！」

ムッとしたのか、反射的に返すテッド。

「ならいいだろ？　別に……ちょっと話を聞くだけさ。悪いことするわけじゃない」

いや子供には聞かせないようにって配慮されてるじゃん、なんだその謎理屈……子供か？

「……俺も聞いてみたいな」

大人の会議に潜入する方法で盛り上がり始めた悪馴染共を、どうやって丸め込もうかと頭を悩ませていると、向かいのベッドに座った少年が声を掛けてきた。

ちょっと黙っとけ。

こいつらは最悪、話し合いだけで盛り上がって終わることもあったのに……。

悪戯する前の計画で満足しちゃう良い子《タイプ》達なんだぞ？

しかしそれと男としてのプライドは別だ。

年上の、しかも別のグループに属する男が参加するともなれば話が変わってきてしまう。

それじゃ行かざるを得なくなっちゃうじゃん。

「じゃあ一緒に行くか？」

その一言は余計が過ぎるぞチャノス。

様子見していたことが仇となった。

なんか盗み聞きする流れになってきている。

チャノスの言い方も少年への反抗心を煽ったのか、なんとなく話に入ったという感じから、行ってやろうじゃねえか！　と前のめりになってるし。

年下にナメられまいとする心理も働いているのかもしれない。

いやいやいやいやバカバカバカバカ。

大人しくしてろって、マジで。

どうしよう？

こいつら俺の話とか聞かないからなぁ。

しかも今日のチャノスはやたらと反抗的だ。

滔々《とうとう》と諭したところで余計な反発心を招くかもしれない。

なんか軽く頭痛《あたま》くなってきたなとコメカミを揉んでいると、ターナーが服の袖をクイクイと引っ張ってきた。

やってくれるかターナー？

「指足し……」

お前欲望に正直過ぎひん？

「ちょっと！　何言ってるのよ？　ここで待ってるように言われたでしょ？　ちゃんと言うこと聞かなきゃダメじゃない！」

信じてたよ委員長。

腰に手を当てて立ち上がったケニアが、おさげを払って男子を一睨み。

なんで俺も含むん？

しかしこれにチャノスが反抗する。

「ハッ。なんで大人の言うこと聞かなきゃいけないんだよ？　大人だからって指図される謂われはないね」

いやあるよ。

「来ちゃダメだって言われてるんだから行っちゃダメに決まってるでしょ⁉」

二の二の四ね。

「来ちゃダメとは言われてない」

屁理屈か。

「待ってなさいって言われたじゃない！」

それ六だから死亡ね、ズルすんなターナー。

「そうさ？　だからもう待っただろ？　待って、その後で行くんだ。言われた通りだろ？」

足の指は……って曲げれんのかよ⁉　器用だなぁ。

「あのね！　待ったからって！　……うん？　えーと……よく……ない？」

あ、いかん、そこで詰まっちゃダメだケニア。

別に論破したわけでもなんでもないのに勝ち誇った表情のチャノス。

いやあれただの屁理屈だからターナー手を蹴り上げるのはやめて。

踏み潰せばいいってわけでもないから痛いから。

「ご飯ッ⁉　…………あれ？　ご飯は？」

アンは寝てて。

「……」

テッドは喋れ。

「分かったら邪魔するなよ？　大人に言うのも無しだからな」

チャノスが話は終わりだとばかりにケニアを無視して、盗み聞きの計画を詰めるために反対側のベッドに移った。

ケニアがそれを「ぐぐぐっ」と唸りながら見つめる。

いや言い負けてないからな？

言いつけろ言いつけろ。

バレたらマズいって分かってるから隠そうとすんだよ、悪いことだって分かってんだよ、あれは。

見つかって叱られてしまえばいい。

ターナーさん？　足で手をグリグリするのはやめてくれません？　そんなことしても勝敗は覆らないので。

チャノスの話に賛成しているのはベッドにいた二人だけのようだが、しかし他の子供が邪魔しないところを見るに年上グループの中心人物なのだろう。

テッドとチャノスが行ったからとアンも付いていき、しばらくの話し合いの後、粗方作戦が決まり腰を上げる悪ガキ共。

『見つからないようにする』の何が作戦なのかは知らないが。

いざ行かん！　となった時に小屋の扉が開いた。

ビクついたのが立ち上がっていた悪ガキ五人。

アン……ダメだって分かってんならやめりゃいいのに。

流されてタバコ吸っちゃうタイプだな。

怒られろ怒られろ、そして学習するといい。

しかし期待とは裏腹に、扉から顔を覗かせたのは大人ではなく――――ストロベリーブロンド。

「れー」

可愛いだった。

あー、でも今じゃないかなぁ……ほら？　悪ガキ共がホッとしてるじゃん。

あーあ。

第10話

「大人達はダメだ」

お前の方がダメだ。

人口密度が薄まったことと天使《テトラ》の参加によって人狼ゲームを開催。

いや関連性は無いんだけど。

テトラ人気が高かった。

見た目からして可愛いテトラが人気者なのは当然の摂理。

おかげさまで年上のグループとの接点が生まれ、コミュニケーションを取れるようになった。

そこで一気に打ち解けようとゲームを提案。

変な空気の払拭に励んだ。

友情破壊……失礼、人間観察ゲーム『人狼』をやらせてみようと思ったところ。

これがまあ、異様な盛り上がりを見せた。

さすがは幼馴染グループ、相手の癖や考えていることなんかは勝手知ったるなんとやら。

その真偽如何《いかん》がまたゲームに面白さを齎《もたら》しているようで、不安そうだった顔を笑顔に変えて楽しんでいる。

プレイヤーとしてターナーとケニアが参加。

俺はテトラの相手もあったので、ゲームマスターをすることにした。

出ていった悪ガキ共を気にしないようにという配慮でもあった。

しかし奴らは帰ってきた。

しかも見つかることなく。

ちょっとセキュリティ甘いんじゃないの田舎?

向こうは向こうでスリルを楽しんだらしく、意気揚々と凱旋。

こちらもゲーム後の高揚感があったからか、英雄よろしく迎え入れてしまい、脱出組の増長は傍目で見ていても分かった。

しまった⁉　『場を温めておきました』的なことを自然《ナチュラル》にやってしまったぞ⁉

てっきり『その後……彼らの姿を見ることは無かった』パターンだと思ってたのに……。

興味もあったのだろう居残り組は、脱出組から大人達の会議内容を聞きたがった。

チャノスが鼻高々でさ、もうね……。

そこから冒頭の発言に繋がる。

ベッドの上を陣取ったチャノスとテッドが、さも『重要なことを話すぞ』という雰囲気を醸し出していてイタい。

ついて行った年上の少年達の沈痛な表情も笑いを誘う。

殺す気かな?

充分に間《ま》を取って注目を集めたチャノスが、再び口を開いた。

「この村は魔物に襲われている」

ならなんで会議なんて開けるんだよ。

呑気か？

そう思ったのは俺だけだったのか、騒然となる室内からは笑顔が消えていた。

「れー」

いや全然残ってるな。

むしろ他の奴の面《つら》とかどうでもいいな。

テトラの手をプラプラと揺らしてやりながら聞いたチャノスの話を纏めると。

森に――――狼の魔物が出たんだとか。

そこで一斉にこっちを見られても困る。

偶然だから。

ゲーム名に狼が入っていたのは偶々《たまたま》だって。

魔物。

ファンタジーを代表するモンスター格。

ロールプレイングゲームなんかだと、そこら辺をうろついただけでエンカウントしてしまうアレだ。

しかしこの世界にいる魔物は、そこまでの数が生息しているわけじゃない。

魔物には魔物の棲む環境みたいなものがある。

魔物が棲む森を『魔の森』と呼んで、普通の森と区別しているように。

他にもダンジョンや人の手の入っていない向こうの大陸なんかにも魔物はいるらしいのだが、ここでは遠い話。

辺境も辺境、ド辺境と呼んでも差し支えのない地域にあるこの村の周りの森は――『魔の森』ではないからだ。

深くて広い森だから、これ以上広がらないようにと開拓している部分もあるのだろう。

しかし何より、魔物が棲みついていないというのが、ここが開拓村として選ばれた大きな理由だと思う。

いるといないじゃ防衛する戦力や暮らしやすさなんかも変わってくるからね。

その魔物が森に出たというのが今回の会議の中核だったようで。

それでなんで大人達がダメになるのかが分からん。

チャノスが盗み聞きしてきた内容によると、初めての魔物対策というより……。

その予算会議に近いと思う。

流れてきた魔物が棲みつくかもしれないというのは予想されていたことだったようで、それ用の予算を積み立てていたらしく、それを使用するか否か、使用するならどういった用途なのか、という話し合いが行われていたと言う。

……テッドやチャノスの親は立派だなぁ。

言いつけを守らずに盗み聞きする子供の親御さんとは思えないぐらい。

遺伝って不思議。

会議の内容は、冒険者の招集か領主の兵を頼るかの二択に絞られたそうだ。

堅実だと思う。

村人から被害を出さないために、だろう。

村の若い衆なら、やってやれないこともないと思える魔物退治。

しかしそれも犠牲有りきの考え方だからして、危険な案件を専門家に依頼するのは何も不思議なことじゃない。

今も続いているであろう会議の残る議題は、それまでの村人の過ごし方についてとかだと思う。

……何が不満なのか？

襲われてるも何も、森にて早期発見しとるやないかい。

むしろどうにかする算段は既についていていて、あとは決議だけに見えるんだけど？

不安を煽るとか良くないぞ？

ざわざわと騒がしい室内で、どう収拾をつけたものかと悩んでいると、チャノスが立ち上がった。

……嫌な予感がする。

手を上げて静かにするように促すチャノスは、ざわめきが収まるのを待ってから、厳かなことでも告げるように口を開いた。

「俺たちでやろう」

なんでやねん。

ツッコミ待ちかな？　ボケてんのかな？

こいつあれだ、今の状況に少し酔ってやがるな。

もしくは思春期特有のあれだと思う。

やめといた方がいいぞぉ……大人になった時に時折叫びたくなるから。

今まさに現在進行形で歴史を黒く塗り潰しているチャノスが続ける。

「大人達はダメだ。何も分かってない。放っておいたら被害が広がるかもしれないのに、悠長に冒険者や領主様に依頼するとか言ってるんだ。このままじゃ危ない。魔物がいるのは分かってるんだ。こちらから攻めた方が安全さ」

『だろ？』みたいな顔が腹立つわ～。

もうぶん殴ろうかな？　手っ取り早く。

テッドやアンも驚いているので、この事は聞かされていなかったと見える。

「エノクとマッシは既に狼退治を経験してる。勝算は十分にある」

チャノスが腕を振った先には、まだ体が出来上がる前の少年が二人。

盗み聞きについて行った少年達だ。

紹介されたからか手を上げて応えるバカども。

どう見ても訳知り顔。

下手な入れ知恵の元はこいつらかな？

どうせ狩りの手伝いについて行ってチョロっと弓射ったくらいだろうに……よく自信満々に言え

るよね？

うっわ、めんどくさ。

マジでこれどうしよう？

『自分が正しい』のオンパレードを謳う幼馴染の声を聞き流しながら現実逃避する。

控え目な僕っ子を演じてきた身としては、ここで声高に止めたとしても影響力など無いだろう。

もうテッド辺りがやめるって言ってくんねえかなぁ。

チラリと見たテッドは青い顔ながら流れに逆らえないでいる。

どうやら無理みたいだ。

仕方ないので密告でもしてやろうかと考えていたところ――――満を持して、おさげの委員長が立ち上がった。

「ダメよ！　なに言ってるの！」

ケニアマジケニア。

最高かよケニア愛してるよケニア。

「だから……」

「ダメよ！　ダメダメダメダメダメダメダメダメダメダメダメダメダメダメダメダメダメダ～～～～メ～～～～！　絶対ダメ！」

チャノスがうんざりとした表情で屁理屈を述べようとしたが、ケニアはさせじと大声で遮った。

そんなケニアの目尻には涙が浮かんでいて、さすがのチャノスもこれには驚いているようだった。

「ぐすっ………絶対、ダメなんだからぁ……」

気まずい雰囲気が漂う小屋内。

ケニアの目から涙がポロポロと溢れ落ちる。

……しょうがねぇなあ。


「ドゥブルさんは？」


ポツリと呟いた俺に、ハッとした表情で見つめ返してくる子供達。

キリッとキメたいところだが、片頬をテトラが、片眉をターナーが引っ張ってるので変顔。

「ドゥブルさんでも勝てないんなら……僕たちには無理なんじゃないかなぁ……」

と、気弱な声でもう一押しする。

無理だよ、たぶん無理……というか絶対無理わかれバカ。

「そ、そっか！　そういやドゥブ爺《じい》がいたな！」

テッドの声が嬉しそうに弾んでいるのは、さすがに魔物の討伐は勘弁だったのだろう。

変に意地張っちゃう奴なので、先に意思を固めてくれる分にはありがたい。

妙な説得力を発揮するドゥブル爺さん。

枯れ木のような体だが、我が村の最高戦力で間違いない。

何故か？

それは彼《か》の爺さんが保有する特殊な能力が、他《た》の追随を許さないからだ。

異世界における特殊な能力――

そう、魔法だ。

◇

前の世界では空想の産物だった代物も、所変わればなんとやら。

この世界には魔法が実在している。

まあ、魔晶石とかがある時点でお察しなのだが……。

しかし魔晶石と魔法は明確に違うものらしい。

魔法は習得可能な技術、魔晶石は自然の恵み、といった棲み分けがあるそうだ。

前世の記憶持ちとしては「どう違うんじゃい!?」と叫び出したいところだが……。

こちらの世界では自然と受け止められることなんだそうで、疑問を挟んで変に目立ちたくなかったのでスルーしている。

習得可能な技術、それがこちらの世界での魔法の立ち位置……。

なのだが。

幾つかの段階を踏んで、ようやく『魔法使い』と呼ばれるレベルになるらしく……そこまでの倍率の高さから、習得している人間はそんなに多くないそうである。

うちの村でも、『魔法使い』と呼べるのはドゥブル爺さんだけだそうだ。

さて、そんな一定の尊敬を集める『魔法使い』と呼ばれるようになるためには、どんな段階を経る必要があるのか。

最初の一つは『才能』である。

この言葉だけで死ねる。

異世界だというのに神はいないのか？

どこの世界だろうと持っている奴が正義なことには変わりがないらしい。

しかしそこは異世界。

この『才能』持ちというのが割と珍しくない確率で普通にいるそうなのだ。

その比率、十分の一。

つまり十人に一人は魔法が使える『才能』持ちで、貴族なんかだとほぼ全員がそうだという。

何かしらの遺伝的要素を思わせる。

しかしそれで終わるのなら、もっと魔法使いが存在していてもおかしくないだろう世界である。

ここからだよ……ここがスタートライン。

才能がスタートラインって随分だけどね……。

第二の関門、習得率。

魔法を使える素質があるからといって、必ずしも覚えられるかと言えばそうじゃないそうで……。

魔法の習得率も十分の一程度だと言われている。

才能が無きゃどうしようもないのに覚えるのも難しいというのだから特別感が極まる。

百人に一人、それが魔法までの道のり。

しかし『魔法使い』と呼ばれるためには、更に十人に一人へと絞られる。

資格試験よろしく『ある一定の威力を超えた攻撃的な魔法の複数回使用』が『魔法使い』と呼ばれるのに必須なそうで、そこを乗り越えてようやく一人前の『魔法使い』と呼ばれるようになるんだとか。

それ以外の魔法使用者は『魔法持ち』という呼ばれ方で区別されているんだそうな。

人口二百人に満たない村に、千人に一人だという魔法使いがいれば、そりゃあ有名にもなる。

いざとなったら頼りにされること請け合い。

重用も致し方なしだ。

魔法は狩りでも活躍するそうで、ドゥブル爺さんの村人からの信頼は厚い。

ちなみにドゥブル爺さんは『火』の魔法使い。

属性というものが個人にもあるらしく、基本的には己の属性に準じた魔法が得意な魔法になるんだとか。

他の属性の魔法も使えない訳ではないが、習得に尚も苦労すると聞けば、その難易度の高さが窺える。

まあ、属性が一つ使えれば人間なんて余裕で殺せるレベルなんだろうけど。

人間火炎放射器だもん。

この村の子供である限り、ドゥブル爺さんを知らないということは無いだろう。

天使《テトラ》ちゃんはいいんだよ、天使なんだから。

存分に俺の頬を引っ張ってればいいよ、少なくとも鼻水をつけられるよりはいい。

ここの子供が全員で襲い掛かろうとも、勝つのはドゥブル爺さんで間違いない。

なんなら村の若い衆が襲い掛かってもドゥブル爺さんが勝つんじゃない？

それぐらい、ドゥブル爺さんの強さは信頼を勝ち得ている。

そのドゥブル爺さんに頼まずして他の冒険者を呼ぶという判断に至ったのだ、何を況《いわ》んやである。

――――と、いうことにしておこう。

なんだかんだでドゥブル爺さんも結構な歳だし、魔物の規模がどれぐらいなのかも分からずに村の貴重な戦力を闇雲に討伐になんて送り出せない、ってのが本当のところな気もするけど……。

というか慎重を期しているのなら、そちらの可能性の方が高そうだけど。

でも今の子供達に必要なのは強さのランク付けで……。

魔物＞ドゥブル爺＞子供、となってくれさえすればいいのだ。

ドゥブル爺さんでも無理なのに……という思考に陥ってくれれば良し。

俺の呟きから子供達の中に波紋が生まれる。

「そうだよな、あの爺さんでも無理なら……」

「そもそも子供でどうにかするのは……」

「大人の邪魔になるかも……」

「ドゥブル爺って昔は凄腕の冒険者だったんだろ？」

思惑は上手くいき、ケニアの涙もあって、其処此処《そここ》で不安の声が高まる。

チャノスのペースから外れた証しだろう。

子供らしい思考というか……その『俺がやらなくちゃ』精神というのは、黒歴史の素みたいなもので……。

割と納得出来る要素が一つでも絡めば途端に冷めてしまったりする。

いわゆるマジレスだ。

ごめんな、中身中年で。

子供のノリについていけなくて。

「で、でもドゥブル爺さんが冒険者だったのは随分と昔の話だ！」

伝え聞こえてくる声に必死に反論するチャノスだったが、もはや周りの声の方が大きく、主張は埋もれてしまう。

説得力にも欠けているのは賛同派の少年達の苦い顔を見れば分かるだろう。

でも魔法が……という思いがあるのだ。

魔法ってデカいね。

トドメとばかりにチャノスの親友の声が響く。

「まあいいじゃん！　今回は大人に任せれば。俺達は村の守備を固めとこうぜ！」

ナイスだテッド。

「でもよ……」

お前、今日はマジで強情だな？　どした？　多い日か？

渋い顔のチャノスがアンを見た。

テッドに対する反対意見が欲しいのだろう。

当のアンはテッドの意見に頻《しき》りに頷いているので無駄みたいだが。

どうやら大勢は決したようである。

「おーい、帰るぞー」

タイミング良く扉が開き、誰かの保護者が顔を出した。

話が話だけに続けるわけにいかず、子供だけでの魔物討伐は有耶無耶になってくれた。

まあ、ほとんどが否定派で纏まった議論だったので、誰かが掘り返すということもないだろう。

聞かれたら叱られること間違いなしな内容だし。

……重要なのはこの後だ。

この後………。


――どうやって親の手繋ぎを回避して帰ろうか……っていう、ね？

より難しい問題が、俺を待ち受けている。

第11話

ある晴れた午後の昼下がり。

テッドが家にやって来なかった。

「……」

村中に畑があるし、商家や村長宅には備蓄もある。

ということで、魔物に対して籠城することを決定した我が村。

このまま魔物に棲み着かれても困るので、冒険者に依頼を出したそうなのだが……。

子供に聞かせたくなかった内容とは、魔物の話も勿論だけど主に金の話だったのではと邪推。

辺境も辺境なのだ、出張費用的なものを含んだ依頼料は高額なものになっただろう。

将来、金に目が眩んで冒険者になりたいという子供が出ても困るしなぁ、みたいな？

エノクやマッシといったお年頃二人組が『狼？　楽勝だろ？』みたいな態度だったことを思えば尚更《なおさら》である。

テッドやチャノスに至っては、家業があるのに冒険者になると公言しているのだ。

我が村の過疎、待ったなし。

『未成年じゃないけど半分はまだ子供』的な新成人のグループは大人会議に参加していたけど……。

そこは自己責任だと判断されたのだろう。

事実、子供の年齢じゃないわけだし。

あとチャノスが言うほど大人達は慌てていなかった。

魔物魔物と騒いでいるのは子供ばかり。

ここにいる大人達というのは開拓村に来る前に魔物との遭遇経験があるんではなかろうか？

自宅に持ち込まれた棍棒なんかがそれを予感させる。

刃物じゃなく棍棒っていうのがね……。

そうだね、相手は人間じゃないもんね。

フルスイングするマミー。

唸る風切り音。

ふと目が合うと告げられた。

「遊びに行くんなら人の目の届くとこにしなさいね？」

「はーい」

遊びに行かせないという選択は無いのかな？

再び響いた風切り音が俺を黙らせる。

言われるがまま外に出て、家の扉に寄り掛かり、大人しくテッドを待つことにした午前中だった。

今日は父も家にいるので……不思議な声が聞こえてきたら自主的に小屋の方へと行こうと思う。

村の中に籠もるとあって、いつもより村人の数は多い筈なのに、外に出ている人間は皆無だ。

……昼間は暑いもんなぁ。

こちらの世界にも四季があり、今は夏だ。

昼から活発に動いているのなんてテッド、チャノス、アンの外面《そとメン》ぐらいのものだろう。

また大声出しながらダッシュで迎えに来て、「早く早く！」と追い立てられながら小屋に向かうんだろうなぁ……。

まんじりとしながら、いつもテッドが来る道の先を眺める。

……………今日は随分と遅いな？

ズルズルと座り込みながら、意味もなく砂を掴んでは風に流していると、うつらうつらと瞼が落ち始めた。

肌に吹く風が心地良くて、人の声のしない空間が気持ち良くて、まるで誰もいなくなってしまったような世界が………。


――――ドキドキする。


……なんだろう……？　なんか……非常に嫌な予感が……悪い予感が、する……。

魂に刻まれた経験が虫の知らせよろしく俺に不吉を告げてくる。

バクンバクンと音を立てる心臓が不必要なほど俺の不安を煽る。

不自然なことなんて何もない……いつもと変わらない一日だ……。

その筈である。

しかし…………。


そうだ、なんでテッドは来ないんだろう？


いや迎えに来ない日だってあるさ……ほら、なんか、用事が…………あいつの用事って、なんだ？

そろそろ八歳になるのに家の手伝いなぞする気皆無な悪辣放蕩の限りを尽くすあいつの……用事？

眠りにつこうとする脳に、心臓が唸りを上げて対抗する。

気にするようなことじゃない……。

そういう日もあるさ……。

テッドだって、他の事をする日だってある……。

何か…………何か別の用事だ…………。

何か……何を、しているのか――いや何をやる気なのか？

不意に先日のやり取りが頭の中で弾けた。

全力で背にした扉を開く。

「母さん！　ちょっと遊びに行ってくる！」

「っ、ぇえ！　そうね！　いいいってらっしゃい！」

うらぁ！　夫婦間の距離が随分近いやないかい！　真っ昼間やぞ⁉　目ぇ覚めたわ！　ありがとう！

「気をつけて行くんだよ？　転ばないようにね？」

穏やかに手を振る父に手を振り返して家を出る。

父が上半身裸だったのは夏だからかな？　僕分かんない。

村の真ん中を目掛《めが》けて走る。

目標はチャノス家の小屋《溜まり場》だ！

心の中で否定の言葉を繰り返しながらも、走る速度は緩めない。

そんなバカなことはない、そこまでバカな訳がない、大丈夫きっとテトラが愚図って来るのが遅くなったとかチャノスとバカ話に興じて夢中になってるとかターナーがガチギレしてて手に負えないとかだって！　きっと⁉

暑さのせいではない汗をシャツに染み込ませながら、チャノス家の小屋へと辿り着いた。

オラァ！　俺は子供だから遠慮なんてせん！

叩きつけるように開いた扉の向こうには――――誰もいなかった。

くそどもがああああああ！　いなくていい時には全員集合してるくせに⁉　なんで今日に限って一人もいないんだよおおおおおお⁉

他の村人を見掛けないことも、俺の焦りに拍車を掛けた。

目撃者が少ない、これでは見つけるのに時間が掛かりそうである。

――テッドの家⁉　いやチャノスの家、いやいや売店で聞きゃあいい！

土塀に囲まれたチャノスの家は、いざという時、村人が立て籠もれるように横に広く造ってあるので確認するのが手間だ。

開いている売店でチャノスを見たかどうか聞き込んだ方が早い。

踵を返してチャノス家の塀をグルリと回り込む。

売店の前には数名の村人がいた。

人を見掛けたことで、少しばかりの冷静さが戻ってくる。

……まだ何か起こった訳ではないんだから……杞憂《きゆう》に過ぎないかもしれないんだから……ここで取り乱すのは良くないぞ、落ち着け、落ち着けぇ……。

急激にスピードを落として売店の中に入る。

隠れ鬼でもやってると思われたのか、微笑ましそうな顔で見られるだけで済んだ。

店員さん、店員さん……暇そうな店員さん、あ！

知っている顔を見つけたので、これ幸いと声を掛けた。

「ユノお姉さん！」

「うむむ……え？　あ！　レンじゃない！　どうしたの？　お使い？」

ちょうどいいところにチョロそうな店員が！

長い髪を首の後ろ辺りで纏めた元世話役のお姉さんが、ペンを片手に帳簿のようなものを睨んでいるのを見つけた。

売店のカウンターから離れた机の上で作業しているので、まだ勉強中といったところか。

「違います。あの、僕、チャノスと約束してるんですけど……」

「チャノスと？　あ、違った。……若様と？」

「小屋にいなかったから、まだ家かなって……確認してくれませんか？」

「えー？　うーん、でもなー。あたしこれの間違いを見つけなくちゃならなくて……」

帳簿のような紙にザッと目を通す。

どうやら昔の簿記か何かのようだ。

従業員のテストに一役買ってるといったところか。

「ここところです」

「え？」

「ここところが計算ミスしてます。だからあの、チャノスを……」

普段ならやらない口出しだが、今は何より時間が惜しい！　早く早く！

「えー？　凄いねー、レン。そういえばケニアがレンは数を数えられるって言ってたっけ？」

「ユノお姉さん早く！」

お願いだから！

「わ～～かったわよ、もう！　せっかちなんだから。えーと、ツムノさーん！　若様って今、家にいますー？」

ユノの声掛けにカウンターの裏で商品の補充をしていた角刈りのおじさんが振り向く。

「若様？　なに言ってんだ。だいぶ前に出てったじゃないか」

「いや、知りませんよ」

「あー……そういえばずっと帳簿とにらめっこしてたもんな、お前。昼前に出てったよ。テッドと
──」

昼前？　でもテッドと？　なら最悪──

「──エノクとマッシも一緒に」

──の最悪じゃん!?

ツムノさんの話が終わる前に、俺は売店を飛び出した。

◇

昼前？　昼前ぇ!?

三十分前か？　一時間前か？

間に合う間に合う、まだ間に合う！　間に合ってくれぇ！

売店を飛び出した俺は、その足で村の外周を回ることにした。

もし村を抜け出したのなら何らかの痕跡が残っているかもしれないからだ。

いくらなんでもド正面から村を出ていったりしないだろう。

いやするかな？　しないかな？　もう分からん!?

人出が少ない時間帯を狙ったのだとしたら、その目的は人目につかないことだろう。

本気かな？　本気で狼の魔物に子供だけで勝てるとか思ってんのかな？　呑気かな？

目を皿のようにして悪巧みしているガキ共を捜す。

木壁の一部が壊されたり倒されたりしているところはないか？　土台になりそうな物が近くに転がっていないか？　もっと端的にバカはいねぇか⁉

「あ……」

お前《アホ》じゃなくて⁉

村の西側にある木壁。

その近くの木の下でアンを見つけた。

いつものアホ毛はともかくとして、表情の方は元気が無さそうに陰っている。

暑さのせいだろうか？

全力疾走のスピードを緩めてアンへと声を掛ける。

「アン！　テッドとチャノスって、見なか……」

テッド達の名前が出ただけでビクリと震えるアン。

……お前がテッドとチャノスの名前を出してビクつくのとか初めて見たよ。

隠し事の下手な奴め。

通り過ぎるだけのつもりだったが、急制動。

わざとらしく息を切らしたフリをしてアンへと近づく。

何故急にそんな演技をするのか――
勿論、油断させるためだが？
何気に幼馴染達の中では一番高い運動能力を誇る奴なのだ。
その臆病さと能天気さも相まって野生動物と言い換えてもいい。
警戒を解いたところでガバッといこう。
洗いざらい吐いてもらおか？
「テッド……とチャノ、ス……知らない？」
息も絶え絶えだという演技を入れて近づく俺に、アンが半歩、後退《あとずさ》る。
勘のいい娘は嫌いだよ！
「し、知らない！　あたし……あたし……あ！」
もう半歩後退ったところで、一気に距離を詰めて素早く手首を掴んだ。
取ったどおおおお！
「――頼むアン！　頼む頼む！　あいつら、行ったの⁉　どこから？　どっちに⁉」
俺の大声にアンがビクリと震える。
普段との雰囲気の違いからか、アンが怯えたように身を竦ませた。
――謝る！　後でいくらでも謝ってやるから！
ここに来るまで、あいつらが外に出たという痕跡は見つからなかった。
まだ見てない外周もあるが、今は一秒が惜しい。

正解を知っている人間がいるなら聞くに限る。

「あたし……あたし……」

「うんうんうん分かる分かる！　分かるから！　今は教えて！　どこだ⁉　どっちだ⁉」

そういうの後でいいから！

フルフルと全身を震わせ始めた幼馴染の女の子の手首を拘束して口を割らせている男は俺です。

後で謝るからぁ！

「あ……あ、そこ……」

アンが躊躇いつつも指差したのは、周囲の木壁より丸太の背がやや低いところ。

目測で二メートルと少しといった高さだ。

うわ、目にしたことあるぅ。

建物の二階ぐらいの高さだろうか？

確かに、ここなら越えられそうとか思ったことあるなぁ。

実行しようと思ったことは欠片もないけどね！

「あいつら……どうやって？」

しかし痕跡が無い。

エノクとマッシの身長なら二人が土台になってテッドとチャノスを押し上げたとかだろうか？

いやギリギリ無理じゃないか？　その後、エノクとマッシがこっちに残るんじゃ、チャノスの作戦
とやらも無駄に終わってしまうだろうし……。

二人に先に登ってもらってからロープでも引っ掛けたか？　でも木壁に足跡も無いなんておかしいだろ⁉

「……こ、これ」

力を抜いた瞬間にスルリと拘束から抜けたアンが、木の陰に隠していた木箱を押し出してきた。

……アンに回収させたのか、土台を？　見つからないように？　木壁の前に残ってたら疑われるから？　……バカどもが～～～～っ、なんでこういう時ばっかり知恵が回るんだよ⁉

木箱の中身は空なのか、アンでもバッタンバッタンと倒すように押し進めながらなら退かせられそうだ。

あいつらの足跡《そくせき》を追うのなら、再び木箱を運ぶ必要があるだろう。

しかしこれを設置してたら時間が掛かる。

奴らが外に行ったことは確定したのだ、もうモタモタしてられない。

申し訳無さそうに立ち尽くすアンに伝言を頼む。

「アン、よく聞いて。今から村の中央に走って、誰でもいいからこの事を大人に伝えてくれ。怖いかもしれないけど、教会が近いからあそこがいい」

「レ……レンは、どうするの？」

「僕は追う」

たぶん、それが手っ取り早いから。

「あ……じゃあこれ、あたしが持ってく！」

「いや、いいよアン。僕には必要ないから」

木箱を押し出そうとするアンの肩に手を掛けて止めると、あいつらが乗り越えたという丸太目掛けて駆け出した。

間に合うか？

間に合えば助け出せる。

しかしバレやすいであろう、もう一つの秘密がバレてしまう。

バレるんならこっちの秘密だろうとは思っていたが……こんなバカなバレ方ってある？

………ちっくしょう、あいつら〜〜〜！

まだ知り合って一年と、浅い付き合いではある。

しかし僅か一年ばかりの付き合いだろうと、知り合いの子供を見捨てるということが……俺にはどうしても出来なかった。

前の世界の倫理観が足を引っ張っている。

この村の、のほほんとした空気も一因だと思う。

なんで魔物なんて出るんだよああファンタジーな世界だからかちくしょうがっ⁉

苛立ちのままに足を踏み出し、丸太を蹴って垂直に駆け上がる。

丸太のてっぺんを掴むと、懸垂の要領で体を引き上げた。

チラリと後ろを振り返れば、アホがアホ面を晒して呆けていた。

………パルクールみたいなもんだよ………いや無理があるよなぁ。

なんせ五歳なのだから。

◇

丸太の向こう側にはロープが垂れ下がっていた。

下りるのにはこれを使ったのだろう。

用意周到なことで。

もっと他に考えることとかあると思う！

ロープを使わずに飛び降りる。

ここからは人の目が無いのだ、時間も無いため遠慮はしない。

膝を曲げるだけで着地の衝撃を殺し、そのままうつ伏せになって地面を嘗めるように観察する。
・・・・・・・・
……ある！　僅かながら、足跡が残っている。

しかも無数に。

間違いなく複数人で来たのだろう。

弾かれたように駆け出す。

もはや一分一秒を争うかもしれないのだ、迷っている暇は無い。

こちらに追跡の技術なんてものは無い。

足跡のあった方向へ、なんとなくで進んでいるだけだ。

森へのデビューは……もっとこう……果実を採りに来たとか？　川で魚を釣るためだとか？　も

しくは初狩りに出たりだとか？　そんな田舎っぽいエピソードを交えてだと思っていたのに……。

村外デビューが！　なんの感慨も伴わず！　むしろこんなに焦ってだなんて思わなかったよ⁉

そうじゃん！　俺、村の外に出るの初めてなのに⁉

くっそ！　あの悪ガキ共！　これ終わったらマジでシメる！　恐怖で君臨してやるわ！　今日から俺がガキ大将だわ！

平地でもオリンピック選手がギリギリ出せないであろう速度で森の中を爆走する。

正直、森の歩き方なんて知らない。

結構な速度が出ているのだ、上手く避けられずに小枝や蔦が手足へとぶつかる。

そこそこ痛いが、我慢出来る範囲だ。

まともな検証なんてやったことがなかったので、どこまで耐えられるのかなんて分からない。

全て後回しでいいだろう。

バカどもを、見つけてからで……！

飛ぶように景色が流れていくが、前の世界では更に速い乗り物にも乗ったこともあるので目が慣れるのは早かった。

戸惑っているのはむしろ能力の高さの方にだろう。

振り出す手が、足が！　音が、匂いが！

現時点で、前の世界すら合わせて、体験したことのない高出力高性能を誇っている。

踏み出した地面から返ってくる反応、僅かな気配すら拾う察知能力、鈍いと言えるほどの頑健さ。

……ここまでとは思わなかったなぁ。

尚の事、秘密にすべきだという思いが強くなる。

……でもバレるよな？　いやアンにはもうバレてる……かも？

詳細は知らずとも『おかしい』とは思われているだろう。

アンに口止めをお願いして、助けてやるバカガキ共にも体を使ったお願いをするとかどうだろう？　ナイスなアイデアじゃないかな？

いや……戦闘になったら痕跡が残る……他はともかくドゥブル爺さんにはバレる……。

使わないで済むんなら、まだなんとかなる気も……しなくもなくはなくなく……うう。

これじゃ泣く泣くですね。

いやいやそもそも戦うことを前提にして考えてることがもうね⁉　そういうのよくない！　よくないよ⁉　うるせぇ！

あいつらがまだ魔物に遭遇していないというのはどうだろう？

ボコボコにして村に連れ帰り、アンはアホだから誤魔化せる、という未来《プラン》もあるんじゃなかろうか？

いやむしろ有りよりの有りじゃない？

それしかない系？　うへへ。

思考が楽な方へと逸《に》れるのは、未だに追い付けない焦り故にだろう。

こちらの速度を考えると、既に追い抜いていてもおかしくないほどの時間と距離だ。

進む方向を間違ったか、もしくは既に……。

考えまい考えまいとしていた思考が背中を撫でた。

生意気なバカ共の顔が脳裏を過《よ》ぎる。

……え～い、泣いてやる！　泣いてやるし勘弁してやるから、出てきてくれテッド！　チャノス！

足を止めてしまうことの恐怖に耐えられず、めちゃくちゃに走りながらあちらこちらへと視線を飛ばす。

極限までの集中が些細な物音すら漏らさず拾う。

――――心臓の音がうるせえ！

耳にも心臓が生えてきたのではないかと勘違いするほどに血流が速い。

更にも増した不安感を押し潰すように、五感を森へと広げていく。

森の隅々にまで意識を張り巡らさん――――としたことで高まった集中力が、その音を拾った。

本当に小さな、風切り音。

小動物が逃げ出す音じゃなく、風に木の枝が揺れる音でもなく、一番近いと思われるのは――――

『遊びに行くんなら人の目の届くところにしなさいね？』

――――人が梶棒を振るう音。

全くだぜ、母さん！

直角に進路変更、足場にした木の幹が拉《ひしゃ》げる。

視界にはまだ捉えられない、距離があるのだ。

しかし高性能な耳は、人の出す荒々しい息遣いの音と――――複数の獣の足音を拾った。

追われてやがる⁉

複雑に絡む森の木々を縫うように立体機動。

某ヒーローや忍も斯くやと言わんばかりの動きで距離を詰めていく。

未だに聞こえてくる音が、相手が生きていると教えてくれている。

間に合え、間に合え、間に合え、間に合え……！

視界の端に、白い毛の動物が映った。

狼だ。

しかも複数。

追い立てるようにして獲物を奥へと誘っている。

弱々しい風切り音を響かせて、見知った顔が棍棒を振るう。

よく知っている顔だ。

それこそ毎日のように会っているのだから。

しかし予定に無い人物がそこに居たという驚きに声が漏れる。

「タ、ターナー⁉」

なんでここに⁉

しまっ……⁉

なんで声を掛けた⁉　バカ野郎か俺は！

獲物の体力を削るためになのか、付かず離れずの位置を行く狼共。

走らされていたのであろうターナーは、知っている声に反応してしまい――――足が空回った。

振り向いてしまったからだ。

空回った足に体勢は崩れ、ターナーは派手に転倒してしまう。

ああ⁉　くっそ、まだ遠い！

強化された肉体《からだ》だというのに、一息に詰められない距離にもどかしさを感じる。

このチャンスを狼共が見逃す訳がなく、群れの一匹がターナーに飛び掛かった。

一瞬後には噛み付かれて、瞬く間に物言わぬ骸へと変じる幼馴染が予想できる。

――これは、俺の責任だ。

だからこそ……出し惜しみをするべきじゃない。

三倍だ。

「ツッツッ、イヤアアア――」

「――大声出せるじゃん、ターナー」

木々の隙間を擦り抜ける風のように、ターナーと狼との間へと滑り込んだ。

脳の処理出来る速度も上がっているのだろう。

不思議な気分だった。

――本来なら知覚したとしても動けるとは限らない極限の世界で、楔《くさび》に囚われない自由。

そんな反則染みた妄想《絵空事》を実現しているという快感と困惑に理性を混ぜたような――

木の葉の揺れも、ターナーの声も、空中に磔《はりつけ》にされたような狼も、全ては幻なのではないかと思える、不思議な光景《ファンタジー》。

但《ただ》し代償はデカい。

不安になるほど減っていく。

テッドとチャノスが依然として見つかっていないのだ。

節約するに越したことはない。

元の倍率へと下げる処理と同じくして、狼に向かって腕を振るう。

全能感が抑えられ、普通に異常なレベルへと感覚が戻っていく。

「――――アアア！」

音が、声が、戻ってくる。

しかし獲物へと喰らいつこうとしていた狼だけは、突然現れた俺に驚きを示す――――間も無く、その命を散らした。

狼の首に引かれた血の線が、そのまま切断面となり血飛沫を上げたのだ。

避けようのない血の雨に、俺もターナーも血まみれとなる。

「……ア……あ」

「よっし、落ち着けターナー。もう大丈夫だから」

とりあえず角材は離しなさい、怖いから。

指が白くなるほど握られた角材に、震えているターナー。

すげぇ怖い取り合わせなんだけど……？　背にして守ってて大丈夫？　ねぇ大丈夫？

一抹の不安はあるものの、まずはこちらを取り囲む狼の群れをなんとかするべきだろう。

仲間が殺られたというのに逃げ出すこともなく遠巻きに機会を窺っている獣共。

ある程度の犠牲を覚悟したのだろうか？　先程まではあえて逃げ道を空けて、そちらへ誘導するような陣形を取っていたというのに、今じゃ逃がさないとばかりの完全包囲だ。

数の利を活かすつもりなのだろう。

「……チマチマやるつもりはねぇんだ、悪いな」

未だ抜けやらぬ興奮のまま好戦的に呟くと、言葉尻と重なるように急激な風の流れが生まれた。

中心点は俺とターナー。

渦を巻いて空へと吹き上がる風が狼共の身動きを封じる。

直ぐに身を伏せていても浮かび上がるほどの強さとなった豪風《ハリケーン》が、更に周囲を切り刻みながら立ち昇った。

……立ち昇った。

………立ち昇っていく。

……………立ち昇り過ぎでは？

中心は無風で攻撃範囲に入っていないようなのだが……。

安全地帯の外側は荒れ狂う風の中に斬線を撒き散らし、汎《あら》ゆる障害を有象無象の区別無く塵へと砕いていく。

……………巨大なミキサーか何かかな？

生き物のように体《攻撃範囲》をくねらせ、その身を天へと届かせている様は、まさに風の龍とでも呼ぶべき有様で……かなり遠くの地からでも確認出来たことだろう。

………あわわわわわわ。

ス、ストップストップ！　なんだこりゃ!?　どうしてこうなった!?

風の影響が収まった時には――狼共の姿は無く……。

狼共というか木々も無く。

というかなんにも無ぇよ、俺の周りの何もかも。

上空から俯瞰して見たのなら、森にポッカリとした穴がハゲのように空いていることが分かるだろう。

……ちょっと言い訳させてほしい。

なんというか……『土』と違い過ぎるとでも言いますか……。

ちゃうねん。

研ぎ澄まされた五感の検知範囲内には、ターナー以外に誰もいないことを確認している。

だから大丈夫。

いやダメだ⁉

自分を誤魔化せないよ⁉

これはやっちゃった！　やっちまったなあ⁉　僕、なんかしちゃいました？

言えるかボケぇ！　やっとるがな⁉　見りゃ分かるやろ！　どんな強メンタルだ⁉　足ガクガクやぞ⁉

ミキサーに掛けられた狼達が粉々になりながら上空へと昇っていく様はトラウマものだった。

もう二度とスムージー飲めない、そんなレベル。

ああ……お空が、綺麗だなぁ……。

鬱蒼とした森だったというのに、ここだけ見晴らしが良く晴天だ。

「……レン？」

しばしの逃避に状況を忘れていたが、ターナーの声によって現実へと引き戻された。

そうだ⁉　そうだったよ！　まだバカ共を見つけてなかった！

振り向くと、腰が抜けているのか転んだままなのか――地面にへたり込んでいる幼馴染に向けて言った。

「ターナーごめん！　色々と言いたいことはあるかもしれないけど全部後回しで！　テッドとチャノス、ついでにエノクとマッシ見なかった？　ってかなんでここに⁉　一緒に来たのか？　すまん、とりあえず立って！　歩きながら話そう！　どこへだよ⁉」

「……レン、落ち着く」

「無理！」

もう無理でしょう？　キャパ越え過ぎでしょう？　しっかり異世界し過ぎでしょう⁉

もしかしたら初めて銃で何かを撃った人ってのは、こんな精神状態になるのかもしれない。

興奮しているような酷く沈み込むような……。

「落ち着く」

「あ、はい」

ターナーに角材を頰へと押し込まれたことで、ようやく冷静さを取り戻せた。

なんというパブロフ。

普段からターナーが暴れ始めると周りには冷静さを求められるので、条件反射のように心が静まった。

しかし助かったよ。

うん、もう大丈夫。

……もう大丈夫だ。

だから…………………あの、どけてもらっていいですか、角材？

第12話

結論から言うと、テッドとチャノスは――ついでにエノクとマッシも、村に帰ったらしい。

「……帰った？」

「・・・」

「帰した」

森に生まれたミステリーサークルの中で、ターナーと膝を突き合わせて話し合っている。

内容は、ターナーの冒険についてである。

親が自宅にいるから今日は勉強を見てもらうという理由でケニアに振られてしまったターナーは、暇潰しがてら村を散歩していたそうだ。

幼馴染が溜まり場へと集まるのは、基本的に昼ご飯を食べた後になる。

午前中は割とバラバラに過ごしている幼馴染達。

ケニアといることが多いというターナーも、ケニアの家でみっちりと一緒にお勉強をする気にはなれなかったらしい。

散歩をしたことでお腹が減ってしまったターナー。

小腹を満たすために木登りをすることにしたという。

果実を狙って。

しかし低い位置にある枝には尽《ことごと》く実が生っていなかったため、得意の角材を利用して上の方にある実を狙おうと考えた（いや帰れよ）。

ググラと揺れる枝の上で角材を振っていたターナー。

あと少しで落ちそうな果実に夢中で、こそこそと木壁に集まる悪ガキ共には気付かなかったそうだ。

果実を諦める頃になって、ようやく知っている顔が下で何かやっていることに気が付いたターナー。

結構高い所の枝にいたからか、向こうはこちらに気付く様子が無かったという。

何をやっているのか、こっそり覗くことにしたターナー。

チャノスがアンに何か言っているなー、とぼんやり様子を見ていたところ……なんとビックリ。

悪ガキ共がおもむろに木壁を乗り越え始めるではないか。

これは止めなくてはと慌てて木を下りるターナー。

しかし時既に遅く、地面へと下りれる頃にはテッド達の姿は無かったという。

追いかけるべく、一人残っているアンに声を掛けようとしたところ……木箱の撤去を始めたので、共犯を疑ったターナーはアンの気を引く作戦に変更したそうだ。

なんでも太い枝を圧し折って気を引くことにしたとか……。

君らなんでそんな腕白《わんぱく》なの？

メキメキという音と太い枝が落ちてきたことで、木箱の撤去を一時中止して様子を確かめるアン。

その隙を突いて回り込み、アンにバレないように木箱に駆け上がりバカ共を追ったというターナー。

もう何からツッコめばいいのか分からないよ。

ターナーは早々に先行した四人に追いついたと言う。

直ぐに見つけることが出来た要因は、四人の足の進みが遅かったからに他ならない。

おっかなびっくりに森を進む四人と、獲物を狙うべく付け歩く一人……。

どちらが魔物討伐に来たのやら……俺にはよく分からない話なんだが？

四人が四人とも早々に帰りたがっていたのは一目にも分かったそうで、不自然に茂みを揺らしたり、先回りして角材で木に傷を付けたりするなどして、恐怖心を煽り、自ら帰るように仕向けたと言うターナー。

割とあっさりと帰ることを決心した悪ガキ一同。

心底ビビったんだろうなぁ。

四人は抜け出した木壁の方ではなく、大人が見張りをしている正門の方へと向かったそうだ。

怒られることよりも、安心したかったという心理が読み取れる。

それを見届けた後で、ターナーの方は元来た道を帰る。

ロープの掛けっぱなしが気になったとかなんとか。

そこで大人しく悪ガキ共と一緒に帰っていれば……。

最初の違和感は、風も無いのに揺れる茂みだったと言う。

ハッキリ聞き取ろうと足を止めると、途端に揺れなくなる茂み。

ターナーの心に不安が湧いた。

まさに自分がした脅しのようではないか、と。

不安は直ぐに的中した。

少しでも村の近くへ行きたくて木壁の方へと身を寄せた直後、まるで待っていたとばかりに狼が茂みから顔を出したそうだ。

進路を塞ぐように、前から後ろから。

咄嗟に森の方へと駆け込んだのだが、振り切れるわけもなく、狼共は一定の距離を保ってついてきた。

いや益々と数は増えていった。

がむしゃらに走りながら気配がする方向へと角材を振るい、闇雲に逃げ回るしか出来なかったと言うターナー。

半ばパニック状態だったのだろう。

息は上がり、足はもつれ、角材も牽制の意味を成さなくなっていき——

しかしどういうことか、狼共が飛び掛かって来る気配が一向に無い。

そこに希望を見い出したターナーは、体力の限界まで逃走することを決めた。

それしかなかった。

いつか来るチャンスを信じて、奇跡を待った。

「奇跡」

「いやレライト君だねぇ」

指を差されたので『ちゃうちゃう』と手を振っておいた。

……短文が多かったから読解に苦労したよ……最後のいるぅ？

しかし……戻ってたのか……もしかすると入れ違いになったのかも？

壁を飛び越えずに村の入り口まで走れば、恐怖に慄いている四人を見れたかもしれないな。

結局のところターナーを救えたんだから結果オーライだけど。

にしてもターナーがねぇ……。

スーパーマイペースで我が道を行くが信条のターナーがねぇ。

まず間違いなくお手柄だ。

あれが魔物だったのか分からないところだが、テッド達だけで太刀打ち出来たかどうかなんて、火を見るより明らかだ。

僅かでも遅れていたら、あの窮状にテッド達の方が陥っていた筈。

俺も間に合わず、骸が四つ……いや血の跡が四つ、残されるばかりとなっただろう。

まさに値千金。

称賛されるに相応しい。

ほんと、大したもんだよ……。

背中を丸めて溜め息を吐き出した。

ホッとした。

力が抜けた。

気が抜けた。

極限の緊張感だっただけに、その反動も大きく思えた。

引き絞り過ぎた弦が切れたみたいだった。

だとしたら、もう二度と弦なんて張り替えなくていい。

………あぁー、疲れた。


『帰ろう』

そう、言うつもりだった。

でも、ホッとして、力が抜けて、気が抜けて、張り詰めていた糸が切れてしまったからか――――


「心配した」


気がつけば、違う言葉《本心》を口にしていた。

称賛でもなく、罵倒でもなく、ただ思いつくままに、言葉が重なっていく。

止めようもなく。

「なんで直ぐに大人に知らせなかったんだ？　なんで一人でついていったんだ？　なんで助けを呼ばなかったんだ？　大声でチャノス達を止めればよかった。駄々を捏ねて暴れればよかった。ロープなんて放っておけばよかった。死んでたよ。間違いなく。奇跡なんかじゃない。偶々の偶然だ。怖かったよ。とんでもなく。実は今も。誰一人欠けても俺は自分を許せなかった。秘密だなんだと――――」

――はえあ⁉

濁流のように口を衝く言葉を、衝撃が押し留めた。

ポロポロと――

引き結んだ口を波線に変えて、ターナーが……どこまでもマイペースで常に飄々《ひょうひょう》としている、あのターナーが⁉

ポロポロと――涙を流している。

声も上げず、痫癪も起こさず、ただ言われるがままに、泣いている。

あわわわわわわ⁉

「あわわわわわ⁉」

全力で自分を棚上げにして何を言ってるのやらねえ⁉　ほんとにねえ⁉

まだ五歳の男の子だぞ？　そりゃヒーロー願望ぐらい持ってるわいな⁉　ましてや間接的に子供達を救えてるやないかい！　ターナーがいなかったらどうなってたかも分かんねぇんだぞお⁉　なに言ってんの俺は⁉

なに泣かせてんの、俺《お前》は⁉

え、なにこれどうしよう⁉

真摯に向き合おうとしているのか視線を逸らさないターナーに、身も蓋もプライドすら無くなった俺は――定番とも言える動作で応じた。

「…………ご、ごめんなさい」

異世界に在るというのに、その謝罪方法は前の世界のそれ。

五歳の男の子に、泣き止んでほしくて土下座する五歳（中年）の姿がそこにはあった。

◇

ターナーと手を繋いで森を歩いている。
まずは川を目指して。
色々と事後処理《いんぺい》しなければいけない身としてはグズグズしてなどいられない。
アンに伝言を頼んできたのだ、いずれは捜索隊が来るだろう。
差し当たり、この身を濡らす狼の血をどうにかしなければ……！
大丈夫、ただの返り血さ。
……なんて主人公ムーブをする五歳児は傍目に見てどう思われますか？
いやおかしいだろ、どう考えても。
そもそも台詞からして狂気なんだが？　日常に差し込まれたら恐怖しかないんだが？
言い訳が立つように服も体も洗っておきたい。
ターナーへの口止めもお願いしなければならない……の、だが。
「……」
「……」
ターナーは相変わらずダンマリで、俺も気まずくてダンマリ。
いや言い出すの無理じゃね？　誰だよ！　空気悪くしたやつぅ⁉

謝罪を終えても動こうとしなかったターナー。

それは無言のストライキなのかこちらの事情に付き合いたくなかったからなのかは分からない。

懇願してもダメ、平謝りしてもダメ。

とにかく歩いてくれなかった。

他に碌なアイデアも思い浮かばず、焦っていた俺は、咄嗟に父からよくそうされるようにターナーの手を強引に引いた。

すると驚くほどあっさりと付いて来てくれたターナー。

え？　これ俺が悪い？　なんか怖がらせてる可能性ある？

これ幸いと森を先導してるんだけど……もういいかな？　と手を離すと足を止められるのだ。

手繋ぎは必須の模様。

……もしかして幼児退行とかしてますか？

だとしても無理はない残虐な事件だったけど……。

なんせ狼がバラバラというグロ事件だったから。

……その犯人、俺なんだよねぇ。

怖がられているとしても仕方なく思えちゃう。

道中で洗濯に使われる木の実をもぎ取りつつ、川があると思われる方へと歩く。

この実の皮の汁が汚れ落としに使えるのだ。

水に漬けて使えばマジで魔法か⁉　ってぐらいによく落ちる。

森に川が流れていることは知っていた。

父が話しているのを聞いたことがあるからだ。

そもそも魚を釣って帰ってくることもあるわけだから、連想も容易《たやす》い。

隠そうにも隠しきれないよねぇ？　鮮度とかもあるしさぁ。

話の流れで大体の位置を予想出来ているので、方角的には問題ないだろう。

「……」

問題はターナーに見られている気がするってことだけ。

なんの説明もしてないのだから、それもしょうがないことではある。

これを見られたのは二人、つまり説明が必要なのも二人。

アンの方は……なんとか『まぐれ』ということでどうにかなる気がしている。

アン《アホ》だから。

しかしターナーの方は……。

……こいつって何を考えてるのかイマイチ分からないとこがあるからなぁ。

誤魔化すとしても……本当に誤魔化されているのか、誤魔化されているフリなのかの判断が難しい。

流れでなんとかならないかなぁ……。

なんて現実逃避。

さすがにどうにもならない。

俺のもう一つの秘密がバレるのも秒読みだろう。

いや……アンの方はそこまで確定的なところを見られてもいないので問題は無さそうな気もする
……少なくともずっと黙っているターナーよりはマシ。

この沈黙が怖いんだよ……。

憂鬱な気分を払拭してやろうとばかりに、視界の先に川が見えてきた。

日差しが反射してキラキラと光る水面は――血だらけの俺達には似合わないね？

とことんネガティブだ。

「ここで服を洗おう」

「……」

「――と、思っています。よろしいでしょうか？」

いや別にターナーに他意は無いのかもしれないけれど、責められているように感じてしまうのだ。

言葉遣いも、つい改まってしまう。

そのジト目が原因です。

洗剤代わりの木の実を手にして服を脱ぐ。

俺達の着ている服というのは、基本的に素材の色のままの半袖半パンだ。

染色は贅沢品なので珍しくはない。

テッドとチャノスは着てるけど。

直ぐに体が大きくなるっていうのと、オシャレという概念が『村なんだから……』の言葉に消されていることが原因だろう。

村の中では部屋着、それが村の常識。

下着もあるけど、ワンサイズ小さい短パンみたいなもので……いやトランクスだな、うん。

こっちは着たり着なかったり、個人の自由。

子供は面倒だからか着ていない奴が多い。

俺は別だけど。

上を脱いで、上半身裸のまま服を川に漬ける。

子供なので恥ずかしいもクソもないが。

振り向くと、手を離したせいなのか棒立ちのターナーくん。

相変わらずのストライキだ。

仕方ない……俺が纏めて洗ってやるかあ……。

「ほれ、ターナーも」

「……」

伸ばした手の先はターナーの服の裾。

しかしここで思わぬ抵抗にあった。

ターナーが自分の服の裾を掴んで引っ張ったのだ。

——下方向に。

それは俺が引く方向とは逆で、だからこそターナーの意志をありありと示していた。

「なんだよ？　脱がないと洗えないだろ？」

「……いい。洗わなくて」

はあ？

「いや、そういうわけにもいかないだろ？」

「……大丈夫」

「いやいやいやいや、大丈夫なわけないでしょう。ドロッドロだからね？　俺達」

「……じゃあ、自分で洗う。あっちで」

そう言ってターナーが指差すのは、死角になりそうな見えにくい一角。

ここが危険な森だとお忘れか？

「ダメダメ、ここで纏めて洗った方が安全だから。俺が洗ってやるって。……どうした？　急に我儘になっちゃって」

いつも我儘だけど。

流石に村の外だと聞き入れられないこともある。

いつもなら癇癪を起こすか素直に聞き入れてくれるかといった極端な反応を示すターナーが、珍しいことに困惑を露わにしているだけである。

まるで猿に自分が猿だと教えるにはどうすればいいのかといった表情だ。

「……レンは、わたしの裸が見たい？」

ちょっと何言ってるか分からない。

服を洗うと言ってるだろうに。

「いや？　別……」

……初めて聞いたターナーの一人称に違和感を覚えた。

………なんだ？　何か見落としがあるような……ないような…………いやあるな。

ターナーが得意のジト目を取り戻した。

――と同時に……ターナーが何かに気付いたことに気付けた。

ともすれば禁忌に触れているような気がして……握っていたターナーの服の裾を思わず離すと、
ターナーが言った。


「……わたし、女の子」

ポツリと呟かれた幼馴染の台詞が脳裏を駆け巡る間に、ターナーは洗剤代わりの木の実を一つ握って、ここからは死角になっている川縁へと歩いていった。

…………タ、ターナー…………………ちゃん？

第13話

うちの村の悪習に、愛称が付くとなかなか本名で呼ばれなくなる、というのがある。

分かる、分かるよ？　実害にあってるから。

ターニャが本名なんだと。

でも愛称の方が長いってどうなの？　あと性別を考えられてないってのはどうなの？

はいはい、俺が悪い、俺が悪いんですよ〜。

不貞腐れながら服をゴシゴシする。

ターニャとは――特に何もありはしない。

そりゃあそうだよ、勿論さ。

よく考えてみてほしい。

五歳なのだ。

それで男女の云々《うんぬん》なんて言い出す奴は病気だから。

……うん、まあ、とはいえ五歳児だってプライバシーってものがあるだろう、とは思う。

恥を覚えた時から女の子はレディー。

ハッキリ分かんだね。

だから一応謝罪をしておいた。

謝罪なんて既に山のようにしているから、それが今更一つ増えたところでってのはあるが……。

しかしそれにしても。

……マジかぁ…………ターニャちゃん……でしたかぁ……。

他の幼馴染達は知っていたのだろうか？

少なくともケニアは知っていた筈だ。

お隣さんらしいし、いつも一緒にいるし。

ただテッドやチャノスは怪しいと思うんだよ。

普段の言動からしてもそう。

テトラ？　テトラはいいんだよ可愛いから。

アンはアホ。

そしてここにいるのが大バカ野郎ですよ……と。

木の実の汁で、服に染み込んでいた血がみるみる落ちていく。

そりゃ洗剤が開発されない筈である。

どう見てもこっちの方が便利だもん。

その代わり染色された物が高価だという不条理。

より便利な物が開発されると今までその分野で活躍していた人が職を失うことがあるというが、
最初から最高値に近い代替品があると発展すらしないものなんだなぁ。

洗濯は未だに手揉みの異世界だ。

すっかりと元の色に戻った服を見て、豊富だった洗剤の種類や便利な機能の付いた洗濯機が思い出された。

それがこの絞りカスとなった木の実一つで代用できるというのだから……ファンタジーって理不尽だね。

……ルミノール反応まで消えたりしないだろうな？

洗い終わった服を絞りながら、物騒な考えも一緒に水に流す。

さて、洗濯は終わった。

色んな意味で。

ここからは口裏合わせの時間である。

大体のカバーストーリーは考えている。

あとはターニャが頷くかどうかに掛かっているんだが……。

ザブザブと、傍目には川遊びを楽しんでいるように見える洗濯中の女の子が一人。

やや怒っているように見えるのも否めない……。

そんなターナーの視線が、川を跳ねた魚に吸い寄せられた。

パシャ、パシャ、とスレてなさそうな魚が川を跳ねている。

……そういえば、小腹が空いたとか言っていたような……いないような……。

時刻はお昼をとっくに過ぎている。

もしかしなくとも腹ペコなのかもしれない。

そういうフィルターを通してみたら…………ダメだ、やっぱり俺の勘違いが原因で怒ってるって、絶対。

しかし点数稼ぎが出来そうな予感である。

魚は『水』で解決できるだろう。

少しでも心証をよくしておくために、ここは一つ賄賂でも贈っておくべきじゃないか？

賄賂を世の中を上手く回すための潤滑油と捉えるのが大人である。

俺はターナーに向けて……なるべく気安い感じで声を掛けた。

「おーい、ターナー。魚食べ……早っ⁉」

怒りはどこへやったのか、くっつかんばかりに走り寄ってきたターニャ。

目が血走っている。

本気でお腹が空いているらしい。

「……捕れるの？」

「お、おう。ちょっと待ってね？　俺も服着るからさ……」

乾き切っていない服を、しかし躊躇なく着ているターニャ。

やはり異性の前で半裸になるのは問題らしい。

ターニャに倣って、俺も濡れそぼった服を着る。

……日に焼けそうになる肌に、水を吸った服が意外と気持ちよく思える。

割と開き直れるのは子供だからだろうか？

だとしたら、子供も悪くはないな……なんつって。

「魚」

「うん、分かったから」

少しくらい浸らせて。

裾を絞らないで。

中々の握力を披露するターニャを余所に、俺は『水』の魔法を行使した。

魚が泳いでいた辺りの川の水が持ち上がり、岸へと飛んでくる。

バケツ三杯分ぐらい。

「あれ？」

大した水量ではなく、魚も捕れてはいない。

「……魚」

「待って待って！　ちょっと待ってて！」

俺の予想だと、あの辺りの水を根刮ぎ抉るように取り出せる筈だったのだが？

もしかして俺って『風』の魔法使いなんだろうか？

なるほど、それなら説得力がある。

……だとしても恥ずかしさは変わらないが。

何が「魚食べる？」なのか。

余裕ぶって下手こくほど、恥ずかしいことはない。

「よ、よし！　今度こそ！」

気合を入れて魔法を発動。

本気も本気、あの竜巻レベルの気合いを入れた！

バケツ三杯分の水が飛んできた。

「……」

「あ、違う！　分かった！　待って！」

何も分かってなどいないが、咄嗟の言い訳が口を衝いた。

よもやの落とし穴だ。

割と万能だと思って検証を怠っていたツケがこんなところで来た。

さすがにもう失敗は許されない！

アプローチを変える必要があるな……。

使うのは『水』だ、そこに変更はない。

ただ、発動のイメージを変えて……。

再び魔法を行使する。

水面から水が伸び上がった。

岸まで届いたそれはアーチを描き、流れは生きているのか勢いのままに地面を濡らしていく。

一方通行の水流に乗ってやってきた魚が、逃げ場の無い行き止まりで打ち上げられる。

十匹も捕ったところで魔法を解除。

面目躍如といったところだろう。

「いやー、ごめんごめん。ウォーミングアップにちょっと時間掛かったわ！　ハッハッハ……」

「……」

幼馴染のジト目が痛い。

いやターナーは元からこういう目なんだけど。

ああ、ターニャちゃんでしたね。

ピチピチと跳ねる魚に誘われたのか、手頃な魚を掴み取っていくターニャ。

ようやく角材を手放したのが食料のためというのがなんとも……。

色気より食い気の年齢だからね。

手に持ちきれないほどの魚を、服の裾を広げて確保したターニャが戻ってくる。

「焼こう」

「あ、はい」

当然のように火を要求された。

できると思われたのか、何も考えていないのか……。

いや食欲に釣られてんだな。

この際だからと『火』も行使。

なんの前触れもなく、地面から焚き火が噴き上がる。

……燃料も無い焚き火ってなんかシュール。

「……すごい」

あれ⁉　これで？

今日初の驚きを示すターニャにこっちが驚く。

まだビックリするところいっぱいあったよねぇ⁉

服を乾かしながらターニャと共に手頃な枝に魚を刺して炙っていく。

頃合いだろう。

魚のことじゃないよ？　これからのことだ。

口止めのことだ。

……いや食後の方がいいかな？　大事だよな、満腹感。

「……ねえ」

なんだかんだと話すのを後回しにしていると、ターニャの方から声を掛けてきた。

……そりゃそうだよ。

おかしいもんなぁ、色々と。

五歳だって分かるさ、話を切り出すタイミングが無かったたってだけで。

「なに？」

色々と覚悟を決めて返事をすると、ターニャは真剣な瞳で俺を見つめて――

「……喋り方、今の方がいい」

真剣な調子で……。

「……なんだって？」

難聴系主人公じゃないよ？

「……俺って言ってた。『俺』、の方がいい」

…………………いやいやいやいや、言ってないよ？

そんな油断する筈ないじゃない、やだなぁー、ハッハッハッ……。

確かに口調は少し荒っぽくなってたけど……少しね、少し。

……少しだけでしょ？

でもほら？　緊急時における精神的高揚から生み出される仕方ない荒さってやつで、やっべ、どっからガチめで喋ってました？

森を行軍している間、ずっと無言だったせいか思い出せない。

巧妙な罠である。

…………よし。

とぼけておこう。

「……気のせいだよ。僕は自分のことをそんなふうに言わない……」

「……ナイショなの？」

「……」

グイグイ来るやん、ターナーさん……。

まさに今、そういう話をしようと思っていたんだけど、猫被りしている性格についてじゃなかった……。

しかしここで否定しようものなら、このあとの話がややこしいことになりそうな予感。

パチパチと、地面から伸びる火に魚が炙られる。

ジュッ、という魚の脂が焼ける音が沈黙に響く。

誤魔化しようが無くね？

後押しするようにターニャが訊いてくる。

「……ナイショにする？」

「…………………………お願いします」

「……わかった」

蚊《か》の鳴くような声だったけれど、しかししっかりと聞き取ったターニャさんが力強く頷く。

「あー……それでですね？　諸々ナイショにするために、ご協力してほしいことがございまして……」

「……わかった」

再び力強く頷くターニャさん。

やけにあっさりと受け入れられた口裏合わせの提案に、不安が払拭されるどころか益々増すことになったのは――――長い長い昼下がりのことだった。

◇

めちゃくちゃ怒られた。

あの後、ターニャと共に川を南下して、やって来た捜索隊に保護された。

捜索隊のメンバーにはドゥブル爺さんと神父のおじさんも交じっていて……。

予想通り……とはいえあまり当たってほしくなかった予想にがっくり来たよ。

村唯一の魔法使いであるドゥブル爺さんと回復魔法を使える神父のおじさんに、現場を見られるのは非常にマズいからだ。

神父のおじさんは、いわゆる『魔法持ち』なのでまだ誤魔化せる可能性もあったかもしれないが、ドゥブル爺さんはダメだ。

意外と子供好きだからなぁ……捜索隊にも進んで手を挙げてくれたのだろう。

ありがたい……ありがたいんだけど、今じゃない。

何故ドゥブル爺さんや神父のおじさんをこんなにも警戒しているのかというと……。

それは魔法というものが、実はその使用に痕跡を残すからだ。

どのような痕跡が残るのかというと、紫色の陽炎もしくはオーロラのようなものが滞留して見えるのだ。

それはもうハッキリと見える。

そのため、魔法使い同士なら何の魔法かはともかく、魔法を使用したかどうかぐらいの判断なら直ぐについてしまうのだ。

俺がそうなのだから、ドゥブル爺さんだってその筈だ。

つまり。

……俺の二つ目の秘密が風前の灯ということですよ。

直前にデカい竜巻がブチ上がったというのに、何の魔法もくそもあったもんじゃない。

痕跡まで見つけられたのなら後押しとなることは間違いない。

ド辺境のド田舎なのだ、第三者は考えにくい。

村は厳戒態勢で外に出ていた子供が二人。

しかも狼の魔物に追い掛けられていたっぽいという――

名探偵も要らない図式が出来上がる。

一応はターニャと口裏を合わせておいたのだが……それも無駄になりそうだなぁ、と一瞬諦めかけた……――ものの。

予想だにしない方向へと事態は発展を見せた。

俺にとっては都合のいいことに。

切り株も残らないほどだったという竜巻の現場に行った捜索隊の面々からは、魔法の痕跡――つまり魔力の残滓云々の話が出なかったのだ。

これはラッキー。

……早い方だったようだ。

どういう条件なのかは分からないのだが、痕跡が残る時間というのは区々《まちまち》で、今回は消える時間が早かったということらしい。

気付かなかったということはあるまい。

剥げた大地を紫の靄が、薄っすらと広く覆っていることを、魔法を放った直後に確認しているのだから。

目に入らないわけがない。

しかし自然現象すら疑っているような捜索隊の話し合いからは、とても魔法の痕跡を見つけたようには思えない。

可能性としては提示しているみたいだが……。

受け入れられているようには見えない。

しかし魔法が使われたかどうかが分からないと言うのなら、魔物のせいということにできるかもしれない……！

ここでこれ幸いと口裏合わせのためのカバーストーリーを話した。

テッド達が村を抜け出したので引き返すように言うべく後を追ったこと。

森で迷子になりかけていたこと。

先に追い掛けていたターニャと会ったこと。

狼の魔物に見つかりそうになって逃げ出したこと。

臭いを消すために川に潜ったこと。

……などなど。

エノクやマッシに変な反感を持たれても困るので、ターニャがした細工は黙っておいた。

俺達の話を後で大人達から聞いて『あの時のあの茂みの揺れはやっぱり⁉』と勝手に納得して勝手に脅えてくれれば、今後こういうことも無くなるだろうと思ってだ。

竜巻は見ていないことにした。

ただ仲間割れというか獣同士で争っているように見えたことや、自分達はその隙を上手く突けたから逃げれた――という話を足しておいた。

ずぶ濡れの服が功を奏したのか、このカバーストーリー《でっち上げ話》を大人達は信じてくれた。

子供の足で狼から逃げ切れたという不思議も、信用を得ることに一役買ってくれたのだろう。

まあ子供が魔法で狼をミキサーに掛けたなんて話よりも真実味があるしね。

それでも魔法の痕跡が残っていたのなら『そんなまさか』と思われつつも怪しまれることだってあったかもしれない。

しかし痕跡は見つかってなさそうなのだ！

運が向いてきている。

本当なら、上手く隠し通した！　と喜び出したいところなのだが……。

問題が一点。

竜巻を起こしたと思われる魔物の存在だ。

ターニャさん、こっち見ないでくれる？

いやたぶん追加の内容について問いたいんだと思うんだけど……俺もこうなるとは思わなかったんだって。

そう、やはりそこは無視できない部分だ。

ハッキリとした村への脅威なのだから。

自然現象か魔物か。

俺が咄嗟に追加した獣同士の争いという話で、焦点が魔物へと当てられてしまったのだ。

子供が狼相手に魔法で無双した跡（真実）と考えるよりも、別の魔物同士が縄張り争いを繰り広げた跡（偽り）と言われた方が納得がいくものだったのだろう。

そこに空想の魔物が生まれてしまった。

あ、もしかしてターニャさん責めてます？

存在しない魔物、それに真剣な表情で言葉を交わす大人達。

罪悪感から思わずゲロっちゃいそうだ。

物理的な意味で。

すんませんすんません！

しかし約束通りナイショにしてくれるターニャは中々に肝が太いと思う。

俺の嘘でこうなっているのだから、ついつい本当のことを言ってしまうのでは？　と恐々としていたのだが……。

視線を飛ばしてくることはあっても、口を開くことはなかった。

ありがたい。

子供心なら『何もそこまでして嘘つかなくても』なんて思うこともあるだろうに。

何故こんな嘘をついてまで魔法を使えることを隠すのか…………。

そんなの異常だからだ。

これは間違いなくトップクラスの厄ネタだ。

魔法を初めて知った時は……興奮したさ。

男の子だもん。

しかし魔法のことを知れば知るほど、自分のそれが如何にかけ離れたモノなのかが分かった。

そのトップが属性という概念。

基本的に一人につき一属性が常識とされている魔法事情。

別に属性以外の魔法が使えない訳じゃない。

『水』の魔法使いが『火』の魔法を行使することだってあるそうだ。

しかし最初から三つ以上の属性を特に訓練することもなく使える子供ってどうなのか？

属性の三つ持ち？

天才？　鬼才？　もしくは神子？

俺だったら『異端』だと思う。

排斥されるなり、持ち上げられるなり、対応は様々なものが考えられるけど……まず間違いなくまともな人生は送れまい。

それはちょっと勘弁してほしい。

だったら必要としない生活をしよう、そう考えた。

火熾しは火熾し機を使うし、水だって井戸で汲む。

雑草は素手で抜くし、隠れんぼで挟み撃ちに遭ったのなら素直に捕まる。

大量に汗を掻いたとしても、木陰で涼を取るさ。

それが俺の思い描く理想の生活だから。

本当にスローライフでいい、スローライフがいいんだ。

だから惜しくはあるけれども『無かった』ことにした魔法。

しかしそんな単純な世界ではないようで……。

魔物という猛獣はいるし、魔法使いという超人はいるしで。

使わざるを得ないことだってあるだろう。

今回がそうだし。

でもバレたのなら……まず間違いなく面倒な事になる。

なら隠すでしょ？

具体的には今。

秘密を知る人間というのは少ない方がいい。

今のところターニャしか知り得ることのない事実なのだから、これ以上の拡散は防ぎたいと思うのが人の情ってもんだろう？

たとえ村が不利益を被《こうむ》ろうとも！　ごめん！　ごめんなさい！　将来働いてこの穴埋めはしますんで勘弁してください！

そんなことを考えていたからか、ビクビクとした態度だった子供が若干一名。
捜索隊と共に村に帰りついた。
大人達は子供の証言を基に、これから緊急の会議を行うんだとか。
胸に刺さる事実とは別に、帰りついたことへの安堵もあって……。
油断した。
「こっの……バカタレが！」
「ぐっ……!?」
特大のゲンコツが頭に降り注いできたのだ。
父だ。
あんた狼より強いよ。
村の入口に大人達が集まっていたこともあって見逃してしまったが、母もいる。
それから始まったのは衆人環視の中での説教タイムだった。
父がこれだけ怒るのも珍しく——
母とダブルでお説教となった。
フォローとかないのね……そうだね、母も怒った顔してるもんね。
「なんで大人に知らせなかったんだ！　なんで大声で助けを呼ばなかったんだ!?」
どっかで聞いたような台詞で叱られる。
すまんターニャ、そりゃ泣き出すよな、俺も泣きそうだもん。

少し離れたところでは、ターニャが両親と感動の再会をやらかしている。

少し太めのパパさん、ちょっと目が覚めるような美人のママさん、両者共に号泣している中で、普段通りのターニャちゃん。

……俺もあれがいいなぁ。

両親の気持ちも分からなくはないので……村長さんが割って入ってくるまで、俺は大人しく説教を聞き続けた。

最後にされたハグが、今まで生きてきた中で一番長くて強くて――――でも安心できた。

本当に、異世界スローライフって楽じゃないよな……。

でも嫌いでもないよ。

そう思える一日だった。

◇

前言撤回だ。

不満がある。

具体的には罰の多寡について。

その大小があるのは仕方がないことだと思うさ。

主犯と従犯なんて言葉があるぐらいだし？　責任の所在をハッキリとさせて、その罪の重さにあった罰を科すのが妥当……。

そうは思う。

しかし……。

ここで子供達が受けた罰を参照して、おかしいと思う点を洗い出してみようじゃないか。

まずエノクとマッシ。

この二人には半年間の狩り禁止が言い渡された。

しかも村の厳戒態勢が終わってからなので、どうにもヤキモキとする毎日が続くことだろう。

この状態が続いている限り、自分達の罰は延び続けるというのだから。

あの年頃の半年間というのは、後の伸びにも繋がる。

狩りの腕が自慢の二人なだけに、他の奴との差が広がるのを指を咥えて待つというのは、良い罰になることだろう。

この二人はいい、予想の範疇。

次にターニャちゃん。

特にお咎め無し。

これも文句無い。

ターニャの行動が四人を救ったことに違いはないのだから、俺が文句を言う筋合いは無い。

ターニャの両親が無罪放免だと言うのならそうなのだろう。

同《おな》い年のバカ野郎から説教紛いの詰められ方もしたしねぇ……ほんとその節はすいませんでした！

ただ監視というか付き添いというか……。

出掛ける時は誰かと一緒であること、できれば大人が見ているところで遊ぶこと、と言い渡されているんだとか。

迎えに来るのはともかく、送ってもあげているところも見るに、心配は尽きてないみたいだ。

ウルトラにマイペースなターニャさんとしては、これがやや不満そうである。

これも分かりやすい罰だろう。

そして俺。

十日間の外出禁止。

ご褒美かな？

そう思ったことが私にもありました……。

ただし母と一緒の畑仕事は良くて、午後からも親の監視の中でなら外に出ても良しという……聞けば聞くほどに俺に都合が良い罰……というかご褒美。

きっと幼馴染達に日々振り回されている俺を気遣ってくれた神様がご褒美をくれたんだよ——


なんて…………愚かな。


まずは夜。

父と母が俺に抱き着いて眠るようになった。

ぎゃあああああああ!?

酷い、なんて酷い人達なんだ！　人の心は無いのか⁉　何が悲しゅうてこの歳（精神）で肉親に抱き締められて寝なあかんねん！　ああ五歳だっけそうでした！　せめて服を着るぐらいの配慮があってもいいでひぇぇぇぇぇ⁉　やめてやめて押し付けないで具体的には父この野郎⁉

スキンシップが過剰になった父と母に……この罰が十日程度では終わらないことを確信。

早いとこ一人部屋が欲しいと思う毎日だ。

しかし表側の罰はご褒美である――――なんて思ったか？

昼までの流れは一緒。

昼からは外出禁止という名の自由を満喫できる、そう考えていたのは子供心が無い子供。

「あら？　いらっしゃい」

「お邪魔します！　もうほんと、テッドもレンもバカなんだから！」

「おじまますっ！」

「……します」

幼馴染達が遊びに来るようになった。

……それじゃいつもと変わらなくないかい？

しかも。

「おーい、レン！　遊びに来たぞ！」

「れ！」

「お邪魔します」

何故か脱走の主犯格共も来る。

お前ら、罰はどうした？

不安というか不満に思った俺が訊いたところ、悪ガキ共は痛ましい表情で答えてくれた。

「ああ……さすがの俺たちでも堪えたぜ。一ヶ月だぜ？　やってらんねぇよ……」

「全くだ。結果的に誰にも何もなかったっていうのにな……ちっ」

ふむ？　確かに罰を受けているのは間違いないようだ。

その苦々しげな表情と口調に嘘は無かった。

しかも一ヶ月。

俺より長い。

納得できる。

しかしここに居る時点で、その内容が外出禁止じゃないことは明らかで……。

お前ら、何が一ヶ月なの？

「それがさあ⁉　聞いてくれよレン！　一ヶ月！　一ヶ月だぜ？　一ヶ月間――オヤツ禁止だって言うんだ！　ひどくね⁉」

「バカ。テッドなんてまだいいさ……俺なんて小遣いも無しなんだぜ？　一ヶ月も……」

「そんなの俺だって減らされてるよ！」

「減らされるのはまだいいだろ？　俺は完全に無しなんだぞ⁉」

ほう？

二人の言い分を聞くに、その罰は一ヶ月間のオヤツ禁止と小遣いの減額または没収らしい。

なるほどなぁ。

ターナー、角材。

そもそもの認識が、間違っていたのだが……。

この重い罰というのに関わるのは基本的に『食』なのだそうだ。

成長云々とか本人にとっての罰とかじゃなく。

単純に食べる量が少なくなること。

それがこの村の『重い罰』。

狩りが禁止になれば食卓に上がるおかずは一品少なくなり、お小遣いが減れば買い食いができなくなる……そんな理由なんだと。

そのうえオヤツまで禁止にされたら、どうやって飢えを凌げばいいのかと憤懣やるかたない様子のご両人。

うんうん、それは痛いねぇ？　ハハハ割に合わねえ。

子供か⁉　お前ら！

実年齢とかこの際どうでもいいわ！　脱走なんて危ないことやらかした罰がオヤツ抜きってなんだよ⁉

そもそも買い食いしてたことすら初耳だわ！

お前らの罰がそれで俺の罰がこれ⁉

狂ってる！　世の中狂ってるよ絶対⁉　ああファンタジーな世界だったなちくしょおおおおお⁉

せめて尻叩きぐらいされて、幼少期の黒歴史を刻んでいてほしい――――そう願わずにはいられない、今日この頃です。

第14話

「なあ、見に行ってみねぇ？」

懲りてねぇな？

ニコニコとした笑顔でワクワクを抑えきれていないのは幼馴染のテッドだ。

そろそろ俺の刑期が明けるという――――ことに関係なくほぼ毎日全員集合の我が家。

よし、分かってないな？

俺はご立腹だ。

ターニャ以外にもこの演技がバレていたのなら今すぐこいつらをクチャクチャにしてやるのに……。

未だ大人しい俺《ペルソナ》を纏っている俺。

今日は親が出掛けているので室内遊び中の幼馴染共を見守っている。

監督役として母が残っていたのなら、うちの周りで遊べるのだが……。

諸事情により離席中のため俺は家を出られない。

友情を見せてくれた幼馴染共は、俺の家の中で遊んでくれている……というわけさ？

俺に構わず外に行け！

……そう言いたくなるよね？

男の子だもん。

テッドの誘いにチャノスが顔を顰めながら答えた。

「後の方が良くないか？　さすがの俺でも二ヶ月小遣い無しは厳しいからな」

「れー、ふふふ。……れー、へんなかおー、ふふふふふ！」

「あ、あ、ああ～!?　なんでなんでぇ？　あたしの『攻撃力十』死んじゃった！」

「終わったら交代だからね？　次はターナーの番よ！」

「……前進」

室内で戦術ゲームの真っ最中である。

室内だろうと他人の家だろうと遠慮なぞしな《お構いなしな》い幼馴染共の特性を知っていた俺は、外出禁止期間内にこいつらを大人しくさせるためのゲームを開発。

ボードゲームとトレーディングカードゲームが混ざったような盤ゲーをプレイさせている。

手順はこうだ。

まず木の板を自分の分と相手の分、それぞれ二十枚ずつ用意して、その裏に戦術カードを貼り付けていく。

戦術カードの種類は『兵士　戦闘力五』『一度きりの刃　どんな敵であろうと撃破、ただしこのカードも同時に消滅』『ただの壁　突っ込んできた敵の戦闘力をマイナス五　移動不可』といったものを五十種類ほど作った。

同じカードは選ばないというルールの下に、好きなカードを選んで貼り付けてもらう。

その後で二十×四のマス目の半分を自分の陣地として木の板を配置させていく。

これで準備完了。

後は一ターンに一回、交互にコマを動かして王様を取った方の勝ちとする。

割と単純なゲームだ。

しかし戦術カードは伏せた面に貼り付けているので、アタック時に確認する審判が必要となる。

カードが重なった時に互いのカードの効果を確認して脱落するカードを決めるのが審判の役目だ。

つまり必要最低人数が三人のゲームということになる。

テッドとチャノス組には審判として俺が、ターニャとアン組にはケニアがついている。

うん？　テトラ《天使》なら俺の膝の上にいるが何か？

自分だけ戦術ゲームを理解できないという疎外感があるだろうに健気にも笑っているという涙ぐましい子なんだよ……うっうっ。

可愛い。

伸ばされるテトラの手が俺の顔を弄る。

「ふふふ！　もー、れ～！　ふふふふふ！」

可愛いの塊だな。

「うん？　……ぶっ⁉　あっはっは！　な、なんだよレン⁉　その顔～！」

てめぇの妹がメイクしたんだよ。

最近のテトラの流行りはお化粧らしい。

可愛いの精霊かな？

「どうかな、チャノス？　僕、キレイ？」

「ふっ……くっ！　はっはっはっは！　や、やめろよ、こ、こっち見るなよレン⁉」

あいよ。

言われるがままアンの方《後ろ》へと顔を背けてやる。

前髪をちょんまげのように上げているアホ娘と視線が重なる。

「はえ？　アハハハハハ⁉　アハハハハハハハ！」

「……ふっ……～～～～っ！」

「もうなにやっぶっは⁉　あはははははははは⁉　や、やめ、な、なによそのふはははは⁉」

大好評だな、テトラは天才かもしれん。

俺だけ腹を立てているのも不公平だったので幼馴染共の腹も捩じ切ってやろうと思ってやった、反省している、でも後悔はない。

いい加減全員が呼吸困難になりそうだったのと、メイクした本人であるテトラが「や～、ふふふふふ！」と笑い転げ回られたので実験を終了とした。

水瓶から水を汲んで顔面の塗料を落とす。

あの木の実の汁を使えば、あっという間に落ちてしまう俺の化粧。

……本当に便利な木の実だなぁ……ヤバい薬効とか無いだろうな？

顔を拭いて戻ったというのに、未だに俺の顔を見て噴き出す幼馴染達。

失敬だね？　君ら。

元凶の兄が真っ先に立ち直り口を開いた。

「あ〜〜〜、面白かった。レンってそういうとこあるよな？」

顔か？　顔が整ってないとでもいいたいのか？

「それで、どうする？　レンも見に行ってみるか？」

ちぃ、誤魔化されなかったか。

こいつが先程からソワソワとしているのは、村が来客を迎えたからだ。

予定外の客ではない。

むしろ予定通りのお客様である。

魔物討伐のために村長が依頼を出して呼び寄せた――冒険者が村に滞在している。

未だに懲りていないテッドとしては、憧れの存在が近くに来ているのだから、一目見てみたいのだろう。

次に立ち直ったと思われるチャノスが、こちらを絶対に見ないようにしながら言う。

「無理言うなよ、レンは今日まで外出禁止なんだから。明日でいいだろ？」

チャノスはいつも通りクール……というよりどちらでも良さそうな雰囲気。

冒険者そのものには魅力を感じていないように思える。

チャノスの場合は憧れの職業なんかじゃなく、あくまで金持ちになるための手段としか捉えてなさそうだもんなぁ、冒険者。

君、家業あるじゃん？　商人で良くね？

何故に冒険者なのか。

「じゃあ明日かー。まあ、明日ならレンも行けるしな」

渋々と納得するテッドに溜め息交じりのチャノスが答える。

「そもそもテッドの家に泊まってるんだから、いつでも見れるだろ？」

「いやそれがさ、父ちゃんが会わせてくんねぇんだよ。昼は外に出てるみたいだしさ」

「いくら会わせてもらえなくても、チラッとぐらいなら見れるだろ？」

「チラッと見たいだけじゃねぇの！　会って話してみたいんだよ、俺は！　冒険の話とかも聞きたいし……あ、ダンジョンの話とかも聞けるかもしんないぜ？」

「……ダンジョンか」

ダンジョンという言葉に、チャノスが食いつく。

「……仕方ない。補給するならうちの店に寄るだろうし……従業員に来たら知らせるように言っとくから、明日は溜まり場で待ち伏せといくか？」

「いいのか!?　さっすが若旦那！」

「やめろよ。嫌いなんだよ、その呼ばれ方」

やいのやいのと盛り上がる幼馴染達を他所にニコニコと話を聞くだけの俺。

そう、聞いているだけ。

約束とかしてないからね？

だからその予定に俺を組み込むなよ？

第15話

「今日は昼飯を食べに戻ってくるそうだ」

……俺はなんで小屋《ここ》にいるんだろう？

本日付けで外出禁止が解かれた。

十日という期間は、年頃の両親にとっても長かったようで……。

昼から瘤《コブ》抜きでイチャつきたかったのか、晴れているというのに父が在宅。

「十日間、よく我慢したわね？　えらい、さすがあたしの息子。外で遊びたくてしょうがなかったでしょ？　ご褒美をあげる。今日はお友達と外でたくさん遊んできていいわ。村の外に出るのは勿論ダメだけど」

「わーい……やったー（棒）」

無形のプレッシャーを放つ母に嫌だとは言えず、また背後に既にスタンバっていた幼馴染に肩を掴まれ、あえなくいつもの小屋に連行されたからだ。

そんなの分かってたじゃないか？　……弱者は食われる、それが世の理だ……。

小屋ではチャノスから聞いた話でテッドが憤慨《こうふん》していた。

「だからか!?　今日の昼飯がいつもより早かったのは！　おかしいと思ったんだよなー。そのくせ親父は食べないし。なんだよ、ズッリぃなぁ！　自分だけ冒険者の人達とご飯食べるつもりなんだ！」

そんなしょうもない理由で俺の逃げ道は無くなってしまったのか？

もはや逃げることが不可能なのでは？　なんて思わせる、いつもの小屋だ。

呪いの小屋だ。

テッド、チャノス、アン、ケニアがもうすぐ八歳だから、そろそろ呪縛から解かれる筈の小屋だ……。

いや解かれると信じてる！　諦めるな！

テッドが連れてくるテトラはまだ二歳に成り立てで、テッドが家の手伝いを始めれば自然と来れなくなる。

そしてターニャもケニアと連れ立っていることが多く、こちらも自然と来る回数が少なくなることは目に見えている。

この関係の自然消滅まであと少し……！　それまで耐えろ、耐えるんだ俺！

幼馴染達の大人への一歩を自然《ナチュラル》に祝福できる大人の見本でもある俺は、今日も今日とて大人しげなキャラを演じている。

最近は多くなったターニャのジト目すら受け流してみせよう。

ふとした瞬間に目が合うんだよねー。

具体的には仮面が解《ほど》けそうな時に……。

………観察されている……だと？

直ぐに逸らされているので気のせいの可能性もあるけど。

この娘、以前にも増してよく分からなくなったよ。

男じゃなくて女だったし。

そんな色んな思惑渦巻く今日の小屋のメニューは、幼馴染達のフルコース～テトラを抜いて～である。

夢も希望も無いんだよ、あるのは魔法《要らない物》、それぐらい。

足をバタバタとさせて運動したい欲求を発散させているのはテッドとアンだ。

もうお外行ってくればいいよ。

冒険者達のスケジュールを何故か知っていたチャノスと、冒険者の冒険以外の生活が何故か知りたいケニアも、ここに至ってはソワソワしている。

ターナーはジト目、俺は死んだ目。

敢行しようとしているのは突撃インタビュー。

冒険者が売店にやってくるとの情報を基に、小屋に待機している現在。

冒険者《ターゲット》が売店に来店したら、ユノが小屋の扉をノックしに来てくれる手筈なんだそうで……。

お姉さん風を吹かせて「任せて！」と安請け合いする半べそ娘が目に浮かぶ。

ワイワイと騒がしい幼馴染達を余所に、そろそろ頃合いじゃないか？　なんて思っていたらそれがフラグだったらしく――

コンコン、と小屋の扉が静かにノックされたではないか。

面倒だなぁ……。

まさしく怒濤《どとう》と呼べる勢いで突撃していく幼馴染達の制御を思えば……憂鬱になっても仕方ないと思う。

冒険者に興味が無い――なんてことはない。

前の世界では幾多ある文献の中からそのワードをピックアップして読む本を決めるぐらいには興味を抱いていたともさ。

異世界転生、冒険者、ダンジョン、チート……。

どれも強い魅力に輝いているのは間違いない――のだが！

あくまで物語は物語として楽しみたい派なのだ。

体験したいわけではなくー。

それがこの世界に来てから嫌というほど分かった。

具体的には人生初の咽び泣きという結果にも繋がった。

最近の事件もそう。

予想していなかったとはいえ……予想以上の結果を生んだ魔法。

流れから勢いで誤魔化していたけど、めちゃくちゃ震えた。

次は躊躇してしまいそうで……かなり怖い。

何に躊躇するのかすら、自分でもよく分からないけれど、それは絶対に良い結果には繋がらないだろう。

いや、次なんて無い方がいい。

無くあってほしい。

無いと言って。

しかしどうにも色々と危険なことがある世界なのも間違いがないようで……。

だからこそ冒険者なんている訳で……。

前の世界で抱いていた興味と今の生活、どちらが大切なのかは言うまでもないだろう。

会わなくていいなら会わないでいいんじゃない？　そういう考えになってしまう。

いやマジで。

恐らくは少数派な意見に属するんだろうけどさ。

しかし『後ろから付いていくキャラ』としては大人しく子供達の飛び出して行くのを見守るしかなく……。

飛び出して………。

飛び…………………………。

…………………………って長いな？

テッドが小屋を飛び出していく気配がいつまで経っても訪れなかったので、憂い故に伏せていた顔を上げた。

そこには冒険者話で盛り上がっている幼馴染達がいた。

……もしかして話に夢中でノックの音に気付かなかったとかいうオチだろうか？

お前ら素晴らしいな？

「うおおおおお！　むっちゃ楽しみだな、レン！」

「そうだね」

その日は夕方になるまでお喋りの勢いが止まらなかったという、珍しく平和な一日だった。

なるほど、ご褒美で間違いないよ母上。

◇

今日がダメなら明日があるさ。

って、バカがよお。

分かっていた……これは分かっていた結末じゃないか？

「いぃっ⁉　…………た！　いたよ！　すげぇ⁉　本物だ！　うわっ……うわっ、うわっ、うわっ⁉　どうする⁉」

ファンか。

挙動不審全開のテッドが木陰からチャノス家の売店を眺めている。

ゾロゾロと揃う幼馴染《いっ》メン、今日はテトラもいるよ。

「いたね！　すごいね！」

追従するアンは本当に凄いと思っているのかどうか……雰囲気で喋るところがあるので分からない。

嬉しそうではあるが、幼馴染達と一緒なら大体そうなのだ。

テッドとアンの後ろにいる他の幼馴染達も、さすがに少しドキドキしているのか楽しそうではある。

……ただ五人も連なっていると、それはもう隠れていると言わないと僕は思うんだぁ。

木陰から出てるしさぁ。

甘えたがりなテトラを抱っこしてやりながら、それを一歩引いたところで眺めている。

どうせ全員が隠れ切れていないのだから問題あるまい。

そうなんだよ……別に一日やり過ごしたところで次の日があるんだよ……明日がくるんだよ。

どうせ魔物なんていないんだから、さっさと帰ってくれりゃいいのに。

テトラが自分の親指をしゃぶるので外してやりながら、幼馴染共をどう宥めたものかと思案にくれている。

「……ん！」

いやいらないから、欲しいわけじゃないから。

「よ、よよよっし！　行くぞ！」

突き出される涎まみれの親指を避けていると、とうとうテッドが一歩を踏み出した。

ファン心理が拗《こじ》れて近付けないままが理想だったのに。

ぞろぞろと売店へ向け進む。

チャノスの家の売店は、両開きのドアで来店を知らせる鈴が付いているコンビニ仕様なのだが、常に開きっぱなしの扉のため意味を為していない。

中に入ると突き当たりにカウンターが存在していて、お店の人がそこで商品のやり取りをしている。

お店の広さは溜まり場になっている小屋の三倍ぐらいあるのだが、商品の陳列棚がカウンターの奥に存在しているため、そこまでの違いを感じない。

カウンターにいる従業員は置いてある商品を覚えるのが最初の仕事となる。

これに元世話役娘《ユノ》がめちゃくちゃ愚痴を吐いていた。

商品が奥にしかないのなら、カウンターの前はどうなっているのか？

主にテーブルや椅子が置かれていて、簡単な食事や雑談なんかができるようになっている。

お金を稼げるようになった子供は、暇を見つけてはここで買い食いなんかをしている。

……まさか小遣いというものが存在するとは思わなかったけど。

あったなぁ……小遣いとか。

さすがに遠い記憶過ぎてその存在に思い当たらなかった。

お外イヤ勢とアンは貰ってなかったみたいなので気付けなくとも無理はないと思う。

小腹が空いたからと大きな木に登ったり、魔法で魚捕ろうなんて思ったりするのが我らなのだ。

グルリと首を回してこっちを見たターニャさんの目が怖い。

テトラ、ターニャは別に指を欲しがってるわけじゃないから親指を突き出すのはやめなさい。

本当に食べられちゃうから。

入口直ぐ横のテーブルには、またもプリントを見て唸っているユノ。

そっとしておこう。

チラッとこちらを見て無言でプリントを寄せて来るから余計に。

外が明るかっただけに店内が薄暗く感じられた。

——そのせいだろう。

「痛《いて》っ」

目が慣れるまでの僅かな間に、前を歩いていたターニャとぶつかってしまったのは。

いや余所見していたせいでもあるな。

ごめん。

「ん」

「あきゃ⁉」

「なんっ⁉」

「へあ？」

「おわっ⁉」

なんというドミノ、いや玉突き事故。

悲鳴に本人の特色が出てるなぁ。

きちんと一列になっていたので先頭だったテッドが弾き出される。

っていうかなんで止まってたんだよ？

しかもピッタリくっついて。

「ごめん、皆大丈夫？」

テトラを降ろして皆に声を掛ける。

弾き出されたテッド以外は倒れることもなく、手を振ったり怒ったりで大丈夫アピールが返ってくる。

一方のテッドも二、三歩ほど前に進んだというだけで転んだわけでもない。

――しかしテッドは固まっている。

その原因は、カウンターに体を預けて商品を注文している冒険者達だろう。

最初に目に付くのは、やはり装備した武器防具だろうか。

使い込まれた革の鎧、腰に吊るされた鞘、無骨な雰囲気を漂わせる剣。

それぞれが短剣であったりナイフだったりと少しの違いはあるが、大体が似たような格好をしている。

村の男達とは違った逞しさを見せる筋肉。

粗野な雰囲気。

まさにテッドの思い描いていた冒険者が、そこにはいた。

最初は、またもファン心理でも拗らせて固まってしまったのか——とも思った。
しかしどうにも様子が違うようで……。
直ぐにテッドが固まってしまった本当の理由に気が付いた。
「なんだこのガキどもは？」
ぞろぞろと入ってきた子供達に注目していたのだろう。
冒険者全員がこちらを見ている。
……………ああ、これは村長さんが会わせないようにしたのも無理ないかな……。
ある程度の乱暴な口調に、剣呑な雰囲気…………は、仕方ないと思うけど。
魔物討伐なんて荒事稼業が生業《なりわい》なんだし。
しかしいくらなんでもこれは……。
絶句しているのがテッドだけじゃないので、俺の感想に間違いはなさそうである。

——顔が恐いのだ。

予想の範囲を超えて。
もう山賊じゃん。
固《ビビ》まるて、そりゃあ。
冒険者は四人。

その距離間からしても、この四人が一つのパーティーを組んでいるのは間違いなさそうである。

しかし四人が四人とも……。

恐い顔だ。

蛇のような糸目のスキンヘッド、片方の目が白く濁っているうえに傷だらけの顔の角刈り、ギョロ目というか目が飛び出て見えるカエル面の男、そして顔面が毛だらけの顎髭を三つ編みにしている毛玉野郎。

真ん中にいる毛玉野郎に至っては不潔感も凄い。

口髭、顎髭、頬からも髭が伸びているのだが、不揃いなうえに不格好に固まっていたり捻じくれていたりと……嫌悪感を抱かせるには充分過ぎる顔面をしている。

言い訳のように顎髭だけが三つ編み。

……それで整えているって言える？

当然髪の毛のボリュームも凄く、その髪型は真っ直ぐなのに横に広がりを見せるほどの毛量だった。

しかも黒髪。

スキンヘッド以外は茶髪で、この世界の平均をなぞっているのだが、毛玉だけが黒髪青目と個性を主張している。

…………初めて見た黒髪が山賊の親玉みたいな奴だなんて……なんか残念だよ。

テッドが固まるのも無理はない。

というか固まらない子供っているの？

俺ですら前の世界で同じ方向に歩いていたのなら道を変えるぐらいの顔面偏差値である。

今は魔法という御守《おまも》りがあるおかげでテトラの盾として立っていられるが……。

そんなテトラが俺の脇から指を差す。

「こあいかおー」

テトラさん？

「……ああ？」

玉突きで飛び出てしまったテッドに集まっていた冒険者共の視線が、テトラの発言によって俺の方に――

「誰の顔が怖いってんだ！」

――いや怖ぇよ。

子供……しかもテトラぐらいの年齢の子の言葉なんだから適当に流せよ……、って思う。

…………か、感じ悪ぃ。

毛玉野郎の突然の怒声に、幼馴染一同はビクリと震え上がった。

さすがのテトラも怖くなったのか俺の腰に張り付く。

他の冒険者《仲間》っぽい連中《やつら》もニヤニヤしているだけで、特に窘《たしな》めたりはしない。

同じ穴のムジナってやつだろうか？

印象最悪。

「おい、やめてくれ！　子供が言うことだぞ？　許してやってくれ。……ほら、ご希望の品だ。経費で落としておくからよ、もう行ってくれ」

代わりに執り成してくれたのは、カウンターから出てきたツムノと呼ばれていた角刈りのおじさんだ。

小さな樽を差し出している。

「ハ！　端《はな》からそうしとけってんだ、このウスラボケが。……おう、行くぞ」

なんとなく避けてくれたりはしないんだろうなぁ、なんて思っていたので幼馴染達の服を引っ掴んで端へと寄った。

小樽を荒々しく掴み取った毛玉は、子供なんて目に入らないとばかりに店の真ん中を横切って出ていった。

他の冒険者についてもそうだったので、避けていて良かったと思う。

「……大丈夫か？」

しばらく身を寄せ合って固まっていると、ツムノさんが声を掛けてきた。

そこでようやく緊張が解けたのか、強張らせていた表情を弛緩させる幼馴染達。

長めの溜め息が揃う。

「……心臓が止まるかと思ったぞ、テトラ」

口火を切ったのはチャノスだ。

そこから各々「怖かった」やら「怖かった」やら「怖かった」という感想を述べた。

「凄い迫力だったなぁ」

なんて未だポジティブな感想を吐き出すのはテッド。

お前もう冒険者から金でも貰ってるんじゃないの？

「……いや、あれは迫力って言っていいのか？　どうなんだ？」

さすがの相棒《チャンス》も賛成はできないらしい。

「嫌な奴らだわ！　あたしは嫌い！」

俺も。

「あ、ああああたしも！　こ、怖かった……」

「……嫌い」

「こあいかおー」

多勢に無勢な意見にテッドの勢いも怯む。

「い、いや、冒険者なんだぜ？　ナメられないようにするために、あれくらい……」

子供にイキリ散らしてどうすんだよ。

自分で言ってて無理があるとでも感じているのだろう、言葉尻が消えるように小さくなっていくテッド。

「テッド、冒険者にも色々いるさ。冒険者全体がどうだって言ってるわけじゃなくてな？　あいつらの感じが殊更悪いってだけで……少なくとも俺らの目指す冒険者は、ああじゃないだろ？」

「そ、そうだな。色んな冒険者がいるよな」

チャノスにフォローされて己の中の葛藤《モヤモヤ》に決着をつけるテッド。

どうやら軽くショックを受けていたらしい。

……まあテッドの中の冒険者像って超人《ヒーロー》だもんなぁ。

無理もない。

それが正解だとばかりに、カウンターから顔を覗かせたツムノさんがチャノスの意見を肯定する。

「若様の言う通りだぞテッド。あいつらはあんまり上等な冒険者じゃないからな？　ったく、酒が魔物討伐の何に役立つってんだ。経費で落とせとか無茶言いやがって……」

あの小樽って酒かよ。

ツムノさんの愚痴が続く。

「期待の新人なんて言われてたからよ、もっと若々しい奴らが来るのかと思いきや……どう見ても中年だぜ。俺より年上なんじゃねえか？　……まあ、腕は確からしいんだが……」

「新人⁉」

驚きのあまり素で叫んでしまった。

「ああ、たぶん冒険者登録したのが最近なんだろう。登録したてじゃ誰でも新人だからな。……それにしてもって思うけどどな？」

同意するように笑い掛けられたので曖昧に頷きを返しておく。

新人……新人かぁ……いやあれで新人？

玄人も裸足で逃げ出す雰囲気だったけど？

どちらかと言えばギルドで新人に絡んでいくベテラン勢じゃない？

「腕がいいの？」

俺とは別のところに食いついたテッド。

「ああ。見た目はあれだが、堅実な仕事ぶりでギルドの評価も良いんだとさ。実績も残してるしな。実際……森の調査は順調に進められてるって聞くよ。被害も無い」

人は見掛けによらない……とでも言えばいいのか。

存在していないであろう魔物を捜していることを思うと微妙な気にもなる……。

……いない標的を捜すのに優秀もクソもないだろうしなぁ。

しかしそれなら早々に調査とやらを終わらせて村を出て行ってくれるのでは？　と期待を寄せていた俺に、驚きの発言が聞こえてきた。

「粗雑な性格にも驚いたが……魔物を倒してくれんなら多少の我儘も聞いてやるさ。奴《やっこ》さんら、森の一面を更地にした魔物を見つけたって言うからな。あと少しの辛抱さ」

ツムノさんの思いもよらない言葉に、俺とターニャは顔を見合わせてしまった。

やだ、討伐されちゃう。

俺は魔物なんかじゃない！　魔物なんかじゃないんだ!?　……と、悲痛に叫べば許してくれるだろうか。

バカ言え。

奴らが魔物を見つけたということは無いだろう。

魔物、子供のお守りしてるし。

よしんば何か見つけていたとしても、それは狼の魔物の生き残りだと思われる。

………いるんだろうか？　生き残り。

集団で狩りをする習性があったように見えたんだけど？　……あの時に皆殺しにしたと思ったことがそもそもの勘違いだったか？

まあ万が一にも生き残りがいると仮定して。

だとしても、その生き残りが更地の原因だと考えた理由はなんだろう？

森に言われた通りの魔物がいた、他に脅威になりそうなものは無い、あれが更地の原因だ
――と、安直にも考えたんだろうか？

………ありえそうで困る。

直感物理的な顔面だったもんなぁ。

それがそうだったとしても問題はあるが。

しかしもっと単純に――奴らが嘘をついている、と考えるのはどうか？

どうかっていうか、条件反射的に『嘘だ！』って思っちゃったけど。

期せずして嘘になったのか、ただ単純に嘘をついているのかは分からない。

なんにせよ真実《ほんとうのこと》ではない。

原因が俺《おれ》の話なだけに……ちょっと責任を感じてしまう。

少し調べてみようか、なんて思ってしまうのも仕方ない。

……ターニャさんのジト目がキツいしね。

いや、別にいつも通りの視線だから責めてるってわけでもないんだろうけどさ。

なんか面倒なことになってきたなぁ……。

負い目があるのだから仕方ないと言えば仕方ないのだが……。

しかしあれ以降、幼馴染達が冒険者を見に行こうとは言わなくなった。

……まあ、当たり前か。

怖い思いをして、気分も悪くなったうえに、ツムノさんからはなるべく売店に来ないように言われたもんな。

行こうと思わなければ売店周りには近付かない年齢なのだ。

普通はお小遣いなんて貰わないので。

溜まり場もチャノスの家を挟んだ反対側だし。

それぞれの家からしても、テッドとチャノス以外が冒険者に関係することは無さそうである。

そのテッドにしても村長さんの言い付けがあるし、チャノスは元々そこまで興味が無さそうだったので、今や接点は皆無。

近付こうにも近付けない。

しかも自由になる時間というのは、基本的に幼馴染達と遊んでいる時間なわけで……。

……上手くいかないんだけど？

身動きが取れずに三日が経過してしまった。

もう魔物を討伐したと嘯《うそぶ》いて帰っていてもおかしくない日数――――だというのに冒険者共は未だに村に滞在している。

これは明らかにおかしい。

狼の魔物を見つけていたとして……そんなに倒すのに時間が掛かる魔物なんだろうか？

犠牲を厭わなければ村の男達でも殺れそうではあるなぁ、なんて思っていただけに……。

余程の数がいたとかだろうか？

いや、そこまでの数が棲み着いているわけがない。

繁殖したにしては早過ぎるし、それだけの数が居たのなら森でもっと見掛けていていい筈だ。

俺達が救助された時には、他に一匹も見かけなかったと言うし。

フラフラと森へと出掛けて行って何をやっているのやら。

滞在日数はまだ一週間ほどだが……結論を知っている身としては、いやに遅く感じる。

事実、他の大人達は平気そうな顔をしているので、もしかしたら魔物の討伐というのに掛かる日数は、これが普通なのかもしれない。

でも、お話の中の討伐って即日終了が多かったんだけど？　こんなに慎重にやるもんなの？　調査を含めても長くない？

そんな諸々の疑問を父や母にぶつけてみたところ、返ってきた答えがこれだ。

「こんなものよ、お話じゃないんだから」

「早い時は早いらしいがな。そうだな、こんなものだ。……少し長いか？」

「そうねぇ……でも言うほどじゃないわよ。少ない人数で村の周りを全部調べるんだから」

「だねぇ。見逃したら、それこそ依頼は失敗なわけだし」

どうやら平均的ではあるらしい。

しかしそれもあいつらの『嘘』を知らなければという注釈が付く。

いないんだって、魔物なんて！

いやいるのか？

本当に魔物がいて、事前情報から慎重になっているだけなのか……もしくはこれ幸いと依頼を長引かせているだけなのか？　どっちなんだ？

……ああもう分からん！

一人で悩んでいると直ぐに推論が袋小路に迷い込んでしまうので、真実を知っているもう一人に相談《吐き出して》してみた。

ターナー、もといターニャに。

答えが得られるとは思っていない。

まあ相談というか……ぶっちゃけ只の愚痴だよね。

ケニアがトイレに行っていて席を外しているタイミングで、テトラが熟睡している最中に、ターニャに持ち掛けたのだ。

『あいつら嘘つきだよねー』『ねー？』という傷の舐め合いのような会話を予想していたところ――

——予想だにしない答えが返ってきた。

「わかった、デートしよう」

前々から思ってたんだけど、君の考えてることって全く分からないんだよね？

第16話

「レンとデートしたい」

そう主張するのは、幼馴染の中で一番のマイペースを誇る——ターニャ嬢である。

栗茶色の髪は前髪が長く後ろ髪が短い、目隠しショートヘア。

隠れている茶色の瞳はパッチリと大きいのだが常にジト目で、引き結んだ口と合わせて真顔《つめたく》に見える。

トレードマークの角材は持ち合わせていないのか、後ろに組んだ手からは見えない。

今日の装いは、珍しいことにスカート姿。

一見したところ中性的で綺麗な顔立ちの女の子に見えるのかもしれないが、いつもなら男の子と見間違うばかりの格好と荒々しい言動が、そうだと感じさせることはない。

その装いの変化は気合いの表れと取ってもらいたいからか——

対するは、大口を開けたアホ娘ことアンと、珍しく返す言葉も無く絶句している委員長ことケニアである。

オデコを晒すことも厭わないちょんまげアホ毛と綺麗に編まれた三つ編みが、それぞれの性格を表している。

チャノス家の小屋に集まる前に、ちょっとした女子会を開催している面々。

場所は外周、木壁の近く。

全員、村の東側に家がある女子一同。

一度集まってからチャノス家の小屋に行くなんて何度もあったことだそうで……。

その前に少し話したいことがあるからとアンとケニアを東側の木壁へと呼び出したターニャ。

そして近場の木陰から覗く出歯亀が一人。

俺だ。

……ねえ、大丈夫？　この構図大丈夫？

幼馴染の女子会を木陰から覗くという疚《やま》しさからビクビクと周りを見渡す。

ターニャが俺をここに呼んだ理由は見張りが欲しいからで、『私の物』宣言を聞いとけ！　とかではない。

邪魔が入るのを防いでくれとのこと。

下手すれば他の女子に対する牽制にも見える、今日のターニャ。

……おいおい、参ったな？

もしアンやケニアが俺に気があるとするなら、ここは修羅場待ったなしな展開になってしまうじゃないか。

やれやれ。

自分で言うのもなんだが精神年齢高めの俺。

幼い恋心を奪っている可能性は十二分に有り得る。

むしろ可能性しかないとも言える。

比べられる男がヤンチャ全開《盛り》の七歳しかいないのだから。

落ち着いた物腰の男の子に淡い想いを抱くのなんて水が低きに流れるが如し。

教育実習生は輝いて見える法則だ。

一桁年齢の女の子が将来結婚したいと思う男性一位はお父さんなのだ。

つまり年齢高めはモテ男で証明終了。

困ったなぁ。

国際的な警察官に追いかけられちゃうよ。

幼馴染女子の絆に亀裂でも生まれやしないかと心配で心配で……どうしよう、ちょっと楽しいのだが？

少しワクワクしながら辺りの様子を窺いつつ聞き耳を立てていると、歓声が上がった。

「「えええええええええ!?」」

はいキタ勝ちました。

「えええええ⁉　レン⁉　ターニャ？　レン⁉　ターニャあ⁉」

「えええええ⁉　ターニャがレンと⁉　え？　ターニャ、レンなの？」

言葉なく頷き返すターニャに、二人はなおも声を上げ続ける。

よせやい。

「「どこがいいの⁉」」

おい、イジメるのはやめろ。

俺の精神と魂は大人なのだ、ここ子供の意見程度でぇ？　ききき傷付いたりはしないけどね
…………しませんけどねえええ⁉

アンが可哀想な者を見る目で言う。

「ええー？　意外ー。レン、全然元気無いよ？　年下だよ？　背も小さいよ？　カッコよくないよ？」

ケニアが死体蹴りをカマす。

「レンは面白いとは思うけど、恋人にするのは考えものね。気も弱いし、テトラにベッタリだし」

遠慮の無い女子の評価が俺の心を抉ってくる。

……異世界ハーレムとか無いんだよ？　知ってた？

幼馴染の女の子達が有能過ぎる俺のことを好き過ぎて困る……とかも無い。

絶無。

さすがは異世界、幻想《ファンタジー》が過ぎるぜ……。

冒険者とか…………………………もうどうでもいいんじゃないかなぁ……？

俺の精神がダークサイドに傾き始めた頃合いで、女子の話の方向性が変わった。

「あー、でも凄い飛び跳ねるよねー」

そう言い始めたのはアホ……じゃなくて、アンだった。

「跳ねる？」

「うん！　こう……ササーッて登っていったもん！　あれは凄いよ！」

「……？　木登りが得意ってこと？　まあレンってチョロチョロするの得意だし」

おっと、覚えていたのか。

あとさり気にディスを交える会話はやめてくれない？

アンに対する口止めや言い訳はしていない。

する暇が無かったのと、追及されなかったことで、気にし過ぎるのも要らぬ疑惑を抱かせるだろうと思われたからだ。

まあアホだからてっきり忘れたのかと思ったっていうのもある。

あの後の接し方も普通だったことから『アホで良かったなぁ』なんて結論に至っていたのだ。

「レンとデートしたい」

さり気に『レンのディス会』になっていた女子会を、ターニャが修正してくれた。

その『好きな子を守る』的な発言に、年上の二人が母性全開でターニャの頭を撫で始めた。

「うんうんうんうん！　わかったわかった、わかったよ〜」

「もう！　ほんと我儘なんだから！　わかったわよ、あたし達がなんとかしてあげる！」

グリグリと撫でられるがままのターニャ。

訳知り顔でお姉さんぶっている二人の姿は、中々に新鮮だ。

ターニャが妹扱いである。

もしかしてテトラを除いた女の子三人で集まると、毎回こうなのだろうか？

チラリとこちらに向けられたいつものジト目。

三割増しぐらいで不機嫌そうに見える。

……ターニャの癇癪ってこういうところから生まれてんじゃないの？

その視線に耐えられず、俺はそっと、木陰に頭を引っ込めた。

◇

勿論……と言っていいのかは分からないが、ターニャとのデートというのは嘘《ブラフ》だ。

どうにかして冒険者《あいつら》の言ってることの真相を知りたいと思っていた俺が、ターニャに愚痴を吐き出したことで今回の作戦が決まった。

作戦って程でもないんだけど、なんとか一人になりたいという俺の希望をターニャが叶えてくれた形である。

つまり一人の時間を作ってくれるということだ。

……結論から口にされた時は何を言ってるのかよく分からなかったけど。

何言ってんだこいつって思ったけど。

……もしかしてターニャって頭がいいんだろうか？

欲望ダダ漏れマイペース娘なんて考えていたのだが……よくよく考えてみると頭の回転は速いところもあるような無いような……。

発想が斜め上になるのは置いといて、前の世界に生まれていたら結構な神童の範囲に入るのでは？　なんて、まさかね。

別に『じゃあ私が連れ出してあげる』を実践されたというだけで、それは考え過ぎだろう。

しかし大きな借りが出来たことは間違いないので、どこかでちゃんと返すことにしよう。

お金を稼げるようになったら小さな人形でも買ってプレゼントしてあげるとかどうだろう？　ほら、子供なんだし、女の子なんだし、人形とか貰ったら………いや喜ぶ姿が欠片も思い浮かばないんだが？

むしろ鳥でもシメて持っていった方が喜びそうなんだが？

………まあそれは機会があれば前向きに検討する所存として。

忌まわしい女子の本音会のあと、第一関門をクリアしたターニャを残して家に戻った。

畑作業を抜け出していたのだが、特に母から文句を言われることはなかった。

むしろ『もう帰ってきたの？』みたいな顔をされたよ。

え？　母上様？　俺、戦力になってますよね？

いつも通り昼ご飯を食べてからテッドが迎えに来るのを待ち——

何食わぬ顔でテッドの誘いを受け、チャノス家の小屋へ。

ターニャの誘導によって一計を案じさせられているアンとケニアは……やたらとニヤニヤしていて、普段であれば不審に思ったことだろう。

隠すの下手か？

上手く行っているように思えた作戦だったが、小屋に入ってこいつらの表情を見たことで不安になってしまったよ……大丈夫だろうか、こいつら？

「止まってー！」

「待って、テッド、チャノス！」

いつものように飛び出していこうとするテッドとチャノスの腕を、アンとケニアがそれぞれ掴み、強制的に足を止めさせた。

「うん？　なんだなんだ？」

「どうした？」

二人の疑問の声に、ケニアが代表して答える。

「今日は小屋の中で遊ばない？　アンも今日は中がいいって言ってるの」

「そうそう！」

そこでようやく、アンとケニアのニヤニヤに気付いたチャノスが顔を顰める。

「……なんか企んでるだろ？」

「べ、べべべ別に何も？　ふんふふふーん」

「そ、そうね！　何もないわ！　偶《たま》にはあたしたちと家の中で遊びましょうって言ってるだけよ。……ほんとよ？」

ヒドい、あんた達ヒド過ぎるよ。

アンが交ざってる時点でこうなるんじゃないかなぁ、とは思ったけど。

表情を変えないチャノスを余所にテッドが問い掛ける。

「偶にはって……最近はずっと一緒だったろ？　ず〜っとレンの家で一緒に遊んだし、この前は一日中ここで一緒に話してたじゃんか？　そんなに毎回毎回訓練サボってたら、強い冒険者になれなくなっちゃうぜ」

毎日の遊びを訓練とか思ってたことに驚きだよ。

かけっこして、かくれんぼして、木登りして、チャンバラして、疲れたらそのまま木陰で寝てしまう。

あれ、訓練だったの？

これだから異世界の常識というのは…………いや待てよ？　俺も前の世界の幼少期に水に打たれて修行とか言っていたような……うっ、頭が。

気のせいだな。

作戦の失敗が仄見《ほのみ》え始めたところで、今日はスカート姿のターニャが前に出た。

「……だからこそ」

「だからこそ？」

テッドの問い返す声に頷きを返すターニャ。

「……強い冒険者になるために、訓練の内容を詰めた方がいい」

「お、おう。なるほどな…………チャノス、詰めるってなんだ？」

「……親父達が偶に使うんだよな。たぶん、完璧にするとかそんな意味だと思う……」

普段のターニャからは予想も付かない言葉が飛び出したことで狼狽えるテッドとチャノスに、考える暇を与えまいとターニャが続ける。

「……テッドとチャノスは……将来冒険者になる……。なら……強い冒険者になるために、凄い訓練を考えた方が……いい」

「そんな訓練があるのか⁉」

さすがテッドだな、『凄い』への食いつきがいい。

疑わしいことは微塵もないとばかりに、ターニャが強く頷いて言う。

「……皆で、考えれば」

「なるほど！」

何がなるほどなのか。

……まあ、冒険者に会ったら「どうしたらより強くなれるのか聞く！」って言ってたもんなぁ。

冒険者はアレだったけど。

強くっていうより『どうしたらそんなに人相が悪くなるんですか？』って訊いちゃったんだけど。

先程までとは打って変わってノリ気なテッドが、早速とばかりにベッドの前で靴を脱ぐ。

こうなってしまうとチャノスも従わざるを得ない。

一人で訓練することになっちゃうもんね？　一人で訓練は出来ないもんね？

こうして、外で遊びたい組改め外で訓練したい組の訓練メニューを考えることになった。

これは上手くいってるのか？

ターニャの表情からじゃ分からないんだけど、ケニアとアンの顔的には問題なさそうである。

筋トレが全くもって理解されない『強くなるための訓練メニュー』討論では、ランニングなんかの体力作りよりも棒を振ることや魔法を教わることが重要視された。

分からんでもない。

地味だし、効果も実感しにくいし、そもそも子供に言い聞かせて続くわけもないし。

「あーーー！　そういえばぁー」

ドゥブル爺さんに弟子入りをするというテッドの案を、テトラをあやしながら聞いている時に、ケニアが棒読みの大声を上げた。

「ターナー、お昼から用事があるんじゃなかったっけ？」

「……そうだった」

「じゃあ早く帰らなきゃダメね！　レン！　ターナーを家まで送ってあげて！」

なんという三文芝居。

隣で猛烈に頷いているアンがまた良い味出してやがる。

「なんでターナーを送らなきゃならないんだ？」

それな。

チャノスの疑問にケニアは鼻息荒くも答えた。

「ターナーは今、一人でウロウロしないようにおじさんとおばさんに言われてるのよ！　だからレンに送ってもらうの！」

「ああ、あれか」

ターニャが保護者によって送迎されていることを思い出したチャノスが、納得だとばかりに頷く。

これは素直に上手いと言える。

よく思いついたなー。

「あれ、まだ続いてたんだなー。よし、俺が送ろうか？」

「ダメだよ!?」

テッドが鉄砲玉気質で自分がやると手を挙げるのを、アンが慌てた様子で止めた。

そうだね、お前いつも俺のお迎えに走ってるもんね、ここで止められるのは不思議だね。

「なんで？」

テッドの含みを持たない疑問にアンが口籠る。

「え!?　えーと、えーと」

アンが暴発する寸前でターニャがフォローに入る。

「……冒険者になるための訓練の会議をしてるのに、冒険者になりたいテッドが聞いてなきゃ……意味ない」

「それも……そうだな。よしレン。頼む！」

……これって会議だったんだ、初耳。

話は決まったとばかり立ち上がるターニャの背中に、軽く手を添えて送り出す女子二人。

なるほどねー、そういう作戦かぁ。

でもさぁ……。

「……いくぅ」

寝かせつけようとあやしてやっていたテトラが、俺が小屋を出ると聞いて立ち上がった。

……こっちはどうすんの？

「……」

「あの……どうかした？」

「……別に」

じゃあジッと見てくるのやめてくれないかなぁ？

ターニャのジト目がいつもより近い。

隣立って歩いているからだろう。

「……テトラの扱い、上手いね」

「あ、うん」

助かったろ？

頭をフラフラさせながら付いていくと聞かないテトラを収めたことを言っているのだろう。

伊達に一年も面倒を見ていない。

ケニアとアンの「代わりに遊んであげる」という言葉をテトラ自身が蹴ってしまったからなぁ、グズグズしてたらせっかちな鉄砲玉が「やっぱり俺が」とか言い出しそうだったし。

我ながらナイスアシストだったと思うんだけど……。

もしかして怒ってる？

…………分からない。

ターニャが無口なのはいつものことで、作戦も上手く行き小屋を二人で抜け出せたのだから、怒る理由は無いと思う。

いつも通りの無表情なのだが……いつもよりヒシヒシと沈黙を感じるというか……。

俺がそう感じているだけかもしれないが。

ほんと、この娘だけはよく分からん。

……そういえば並んで歩くのなんて初めてに近いから、そのせいもあるのかもしれない。

「……それで……どうする？」

妙な緊張感を割いてターニャが声を掛けてきた。

それはいつもの調子で……やはり怒っているわけじゃないようだった。

なんだ、やっぱり勘違いか。

緊張が解けた俺は、当初の予定通りに行動することにした。

「あ、うん。まず送るよ、別に急いでないし」

「……？」

……あれ？

首を傾げるターニャに釣られるように俺も首を傾げてしまう。

「……もしかして……用事のこと？」

「あ、いや、さすがにあれがただの理由付けなのは分かってるよ。そうじゃなくて……」

……もしかして付いてくるつもりだったのか？

「ターニャは別に付いて来なくても……」

ここからは、また怒られる可能性も出てくるので、さすがに巻き込むのは気が引けた。

「デートだから」

言い淀む俺の腕を抱きかかえるターニャ。

「ああ、まあ……そうした方が自然だとは思うんだけど……」

そういう話で出て来てるわけだしね。

少なくともケニアとアンには。

「……レン、話し方」

どう断ろうかと悩んでいると、ターニャに腕を引っ張られる。

「何かおかしい？」

「……『俺』って言ってない。あと……なんか『線』みたいなのがあるみたい。レンは……その『向こう側』にいる。よそよそしさ……が、ある。無理、してる。……『俺』、と『僕』……比べられたから、わかった」

ドキッとすることを言う。

うわー、ターニャって将来、俺が苦手なタイプの女性になりそう……。

しかも五歳でこれだというのだから……末恐ろしい。

ここはあれだ、誤魔化そう。

「あれは……なんか興奮してて、ハハ……僕にはまだ『俺』って早かったのかも？　チャノスやテッドの真似だったん――」

「――それも秘密？」

もう怖いよ。

誤魔化し笑いが引き攣《っ》ってそう。

洞察力が鋭すぎて下手な表情が出来ないまである。

しかも逃げ場も無い。

腕をガッチリと固定されているうえに、デートだと嘯いて出てきたからのだから騒いだらマズいことになるのは俺の方で……。

………まさかこの状況を想定してデートとか言ってたわけじゃないよね？

子供にやり込められている中年はこちらです。

ターニャも転生して来た説を推したい……じゃなきゃ現実を認められない。

……このまま不自然を承知でゴリ押すか？　それとも演技している理由を適当にでっちあげるか

……。

誤魔化すかゴマするかですよ、ええ。

勿論、本当のことを話すという選択肢は無い。

連鎖して話をどこまでも引っ張り出されそうな怖さがあるよね……君。

僅かな沈黙だったと思うのだが、ターニャには充分な間だったようで。

「……いいよ、いい」

必死こいて考えている言い訳を見透かすように、珍しく機先を制して会話を切るターニャ。

「……待つから、いい」

あ、執行猶予なんすね？

フイッとようやく視線を逸らしてくれるターニャさん。

答え難いと分かっているからか、返事は急がないご様子。

……そしてなんだかんだと一緒に行く雰囲気になってるんだけど……。

させねぇよ？

ここはビシッと言ってやらねばとターニャに声を掛ける。

「ターナー」

「ターニャ」

うん？　え？　何？　どうして自分の名前をこのタイミングで？

…………そう呼べってこと？

これまた心を読まれたのではないかというタイミングで言葉を被せてきたターニャ。

まあ呼べと言うなら吝《やぶさ》かではない。

「ターニャ……ちゃん？」

「……それは、どっちでも」

「ターニャさん」

「それは嫌」

まあ、ぶっちゃけターナーがターニャだった時点で心の中ではターニャ呼びが混ざってたから、こちらとしてもどっちでもいいけど。

なんか会話の主導権を握られているように感じるが……いくらなんでも誤魔化されはしない。

ハッキリと連れていくつもりは無いと言おう。

「ター……」

「しっ」

またも言葉尻を潰されて、しかも今度は体を寄せてきた。

色（？）仕掛けなんて二十年早いぞ、いやほんとに。

五歳やっちゅうねん。

僕達、そういうのまだ早いと思うんだ！

とまあ冗談はともかくとして……。

ターニャの鼻にくっつけられた人差し指からは『静かにして』という意思が伝わってきた。

原因は何か？

しかしその理由はターニャの視線の先を捉えることで直ぐに分かった。

村で見るには珍しい、潰れたカエルのような面が――――何故か家と家との間を行ったり来たりしているのが見えたから。

なにしてんねん。

思わずツッコんでしまいそうになったのは、村の景観に全くと言っていいほどそぐわない冒険者の顔を見たから――――というだけではなく。

「お願いします、お願いしますよチーイルさん」

「俺らなんでもやりますから！」

「ダメだラ。おめーラ、ほんとしつこいラぞ」

引っ付いて歩いているエノクとマッシも見たからだ。

いやほんとなにしてんねん。

エノクとマッシはともかく、このカエル面の冒険者も何をしてるんだろうか？

討伐依頼もしくは調査依頼を受けている最中の筈だ。

こんな住宅密集地（庭付き畑あり）に用は無いだろう？

新居でも探してんのか？　うん？

ターニャに体を押されるがまま進路を変更する。

一番近かった家の陰へと押し込まれた。

見通しの良さが災いして、これ以上近付こうものなら向こうにも気付かれてしまうのだ。

役に立つかは分からないが、こいつらの会話を聞けば、ここにいる目的も見えてくるかもしれない……と、視界に入らないように配慮した次第である。

誰だかの家を背にして耳を澄ました。

「頼んますよ、ほんと」

「俺らマジなんです！　マジで冒険者になりたいんです！」

「だから何回も言ってるラ？　なりゃいいラ。俺の知ったこっちゃねぇラ」

「そこをなんとか！　お願いしますよ！」

「今のままじゃ直ぐに死んじまうって……俺ら分かったんです！　ある程度の形になるまででいいですから、弟子にしてください！」

「だーからラぁ！　弟子なんて取ってねぇんラ！　ほんとにしつけぇ童ラな！」

どうしよう、俺もターニャみたいに真顔だぞ？

バカなの？　あいつら。

よしんば……よしんばだ！　あいつらがテッド達みたいに将来冒険者になりたいとか思っていて、その手段としての弟子入りを考えていたとしても………。

いやあいつらだけは無ぇだろ？

何故にあいつらだ？

ターニャがボソリと呟く。

「……期待の新人」

「……ターニャちゃん、心は読まないでもらっていい？」

「……読めない」

ほんとに？

コクリと頷いたターニャは俺の視線に応えてくれただけだと思おう。

そうか、チャノス家の売店のおじさん――ツムノさんもそんなことを言ってたな。

あいつらが実績確かな期待の新人だとかなんとか……………。

新人の部分のインパクトがあまりにも強くて忘れていた。

ツムノさんが口を滑らしたように、エノクとマッシにも情報を漏らした誰かがいたんだろうなぁ。

腕が確かだとか実績があるとかのプラス要素は、延《ひ》いては村人の安心にも繋がるから。

会議でも冒険者の腕前に関しては口止めとかされなかっただろうしな。

見た目がアレだからテッドとテトラには接触禁止令が出されてたみたいだけど……。

「だとしても……よくアレに絡んでいけたなぁ？　そう思わない？」

「……一番マシ」

あのギョロ目が？

売店で遭った冒険者の面々を思い浮かべる。

……確かに。

他の三人と見比べてみると、一番威圧感が少ないであろう冒険者に思えた。

背の低さも関係しているのかもしれない。

なによりあの山賊の親玉みたいな冒険者と比べれば怒鳴り声も幾分かマシに聞こえる。

顔のインパクトはどっこいどっこいだけど。

…………それでもだよなぁ。

家の角から顔を半分出して、冒険者に食らい付くエノクとマッシを確認する。

「触りだけでいいですから！」

「あの、アシストなら出来ると思うんです！　俺ら狼を仕留めるの手伝ったことあって、自分で言うのもアレっすけど、筋が良いって言われたこともあって……」

「オメーラよぉ……」

必死だなぁ。

エノクとマッシの低迷は置いといて、冒険者の方はここらをフラフラと歩いているだけのように見える。

…………なんで？

……エノクとマッシを撒きたいと思っているのかもしれない。

鬱陶しいもんね、あいつら。

おかげさまでエノクとマッシの声はハッキリと聞こえるぐらいデカいんだけど、その分ギョロ目の冒険者の声が聞き取りづらい。

……鬱陶しいな、あいつら。

「なんべん頼み込んでもダメなもんはダメラ」

あ、近付いてくる。

別にバレたからといって何かあるわけでもないのだが、変に思われるのは避けたいのでターニャを連れて家の壁を回り込む。

……悪いことをしてる訳じゃないんだけど、女の子を連れ回して隠れるってどうなんだろう？

足音が近付いて来る。

…………止まったんだけど？

「……っと、ここにも誰か住んでるラか？」

「あ、はい。ここはシアの家です」

「……別に誰の家でもいいラ。何人で住んでるラか？」

「ここは四人っす。シアとシアの父ちゃん母ちゃん、あとそろそろ一歳になる弟がいます」

「男は一人ラか……」

どうも俺達が隠れている家の前で足を止めたらしい。

……ところでなんの調査してんの、これ？

そう思ったのは俺だけじゃなかったらしく、エノクとマッシも疑問に思ったようで、不思議そうにギョロ目へと問い掛ける声が聞こえてきた。

「なんで住んでる人の数を数えてるんですか？」

「バ～カ。なるべく慎重に事を進めてるラーけど、魔物の実力が凄いラ。なんせデカい竜巻を呼ぶくらいラからな、もしかしたら被害が出るかもしれんラ。――一人も取り零さないために、どこに誰が住んでいるラかぐらい知っといて当然ラ」

「「お～！」」

いや何が「お～！」なのか。

村の中で戦うならまだしも魔物は村の外にいるんだぞ？

いや竜巻起こした奴《魔物》は村の中にいるんだけど。

何かって言うと魔物を言い訳に使うよな、こいつら。

やめてくれます？　魔物《俺》は精神が弱いので。

あと人数を知りたいのなら村長に聞けばいいと思うのだが……そもそもそんなに細かく把握する必要があるのかも疑問なんだけど。

魔物発言の調査に来て益々と謎が増えていく。

魔物発言といい今やっている調査といい、こいつらが何をしたいのか全然分からない。

…………マジで何やってんだろう？　こいつら。

同じ立場にいるターニャにも意見を聞きたくて顔を向けた。

意外に頭いいからね、ターニャちゃんは。

しかしターニャは考え事をするように顔を少し俯かせたまま、終始こちらの視線に気付くことはなく、カエル面が話している間中、沈黙を破ることは無かった。

◇

村の中を隅々まで回って他の冒険者共も見つけた。

やはり全員が全員フラフラしていた。

足取りはしっかりしていたので酔っているというわけではないらしい。

あっち行っちゃこっち行って……目的が分からない徘徊をしている。

子供に当たっていた時とは打って変わって黙々と村を徘徊する様は、仕事に真面目という印象よりも不気味さが際立った。

そもそもなんの仕事なのかも分からない。

テッドの家周りで聞き込みでもしようと思っていたのだが、その日は冒険者の変な行動を調べるのに終始してしまった。

「外周の抜けられそうな場所を調べてるんだとさ」

翌日、チャノス家の小屋にてカードゲームをしながらチャノスが教えてくれた。

今日は男女別に分かれて遊んでいる。

というかターニャに昨日の事を聞きたがったアンとケニアがテトラを合わせて連れていったのだ。

たぶんだけど、ユノの家だと思う。

今日はお休みらしいからな。

偶にする立ち話で、休みの日を嬉々として語っていたので覚えていた。

テトラもユノには散々お世話になったので多少は懐いていて、割とあっさり付いて行った。

今頃はターニャ以外の女の子が女子会を楽しんでいることだろう。

ドナドナされてる時の目がもうね？

俺は何も知らない《アンタッチャブル》。

そんなわけで男は男同士、戦術カードゲームで遊んでいる現在、もしかしたらと情報収集に励んだところチャノスが知っていた。

……意外だ。

チャノスの方は、冒険者にそれほど興味を抱いていなかったように思えるから余計に。

「う～ん、やっぱり魔法って便利だよなぁ。魔法……魔法かぁ」

『一度きりの刃』の駒をもて遊びながら、そう呟いたのはテッドだった。

ごめんそれ魔法のつもりで作ったわけじゃないんだ。

「一回しか使えないんじゃ意味ないだろ？　しかも頑張ったところで指先に火を灯すとか、コップ半分の水を出すぐらいが精々とか……魔晶石《石》で出来るだろ魔晶石で。頑張る意味、あるか？」

面倒そうな表情で駒を進めるチャノス。

そうか……こっちの子供にとっての魔法ってそういう認識なのか。

俺がまんま子供の精神だったら飛び付きそうなものなんだけどな。

だって魔法だよ？　手から火とか水とか出るだけで大興奮だろ？

威力とか関係無しにさ。

チャノスの言葉にテッドが反論する。

「分からないだろ？　もしかしたら攻撃できるようなの覚えられるかもしれないぞ！　それにそういう魔法だって、いざって時には使えるかもしれないぜ？」

そうそう、こんな感じで。

一方でコスパ主義者のチャノスは疑問げだ。

「金稼いで色んな魔晶石買った方が早いと思うんだがなぁ……」

「今すぐ冒険者になれるわけじゃないんだしさ！　早いうちに魔法を覚えとけば有利だって！　な？　ドゥブ爺に教えてもらおうぜ！」

どうやら訓練の方法は魔法ありきで固まったらしい。

難色を示しているのはドゥブル爺さんが苦手なチャノス。

ドゥブル爺さんだけでなく神父のおじさんも苦手だもんな？

魔法には……正確にはこの村の魔法が使える人に関わりたくないのだろう。

そもそも百人の壁があるというのは頭に無いようで、テッドの誘いを断り倦《あぐ》ねている。

もしかしたら十人の壁にも躓くかもしれないというのに……俺の幼馴染達が楽天的過ぎて困る。

というか自信過剰が過ぎるだろ……。

今のうちから魔法が使えなくても田舎暮らし《スローライフ》には困らない、という言い訳《ネタ》でも考えておこうかな？

テッドやチャノスに対する慰めを考えながら、テッドが動かした駒のジャッジを粛々と行う。

墓地へと送られる駒にテッドが目を見開く。

「あ」

「よし。『攻撃力一《いち》』に『一度きりの刃』を使ったな？　これでだいぶ有利に進められる」

「すげぇなチャノス⁉　なんで分かったんだ？」

そりゃお前……。

「こういうこともあるってことさ。だから魔法の習得は考え直した方がいい――」

全然関係の無いことに絡めて有耶無耶にしてしまおうとするチャノス。

お前、親父さんが商人なだけあって口の回りが早いよな？　考え無しなところはともかく。

大人しく親父さんの跡を継いどいた方がいい気がするよ。

どうせテッドは聞いていないので、チャノスの長広舌を遮って気になっていたことを探ってみた。

「あのさ……チャノスはどこで、冒険者の人達の話を聞いてくるの？」

いつぞやのケニアの言葉のようだ。

だから変ではない筈。

本当に、チャノスはどこでそんな情報を仕入れてくるんだろう？

しかし驚いた表情を浮かべる二人に、なんかマズいことでも訊いたのかと、背中にジワリと冷や汗が浮かぶ。

先に口を開いたのはテッドだった。

「そっか。レンはついて来なかったもんな」

「お前がテトラの世話ばかり任せるからだろ？」

「違うって！　ほら、エノクとマッシを連れてった時だよ！」

「ああ……そういやレンは来なかったな。なんでだ？」

いやなんでって。

「ぼ、僕が一緒だったら見つかっちゃうかと思ったから……」

恐ろしくくだらなかったから、さっさと捕まって叱られてしまえばいい、って思ってました。

「そんなこと心配する必要ないのにな。なぁ？」

「あー、まあレンはまだ五つだもんな。そう思っても仕方ないさ」

なんだなんだ？　なんかさっきからテッドとチャノスにある共通認識を俺が知らないみたいになってるんだけど。

またこっちの世界特有の何かとかか？

少なくともこの五年間で、そういう話が当たり前のように聞ける所なんて知らないんですけど？

ニュースアプリか何かですか？

「あ、今から行ってみないか？」

良いこと思い付いたとばかりに笑うテッド。

「あー、別にいいぜ？」

答えるチャノスにも、友達に悪い遊びを教えることを面白がっている悪友のような雰囲気があった。

まあテッドの方は、単純に戦術ゲームに負けそうだから放棄できる良い言い訳ができたとでも思っているのかもしれないけど……。

表情に出るから弱いんだよなぁ。

第17話

やってきたのは家畜小屋だ。

位置で言うとチャノス家を中心とした村の南西側、外周近くにある小屋だ。

ここまで来るとテッドの家の方が近い。

正確には西南西かな？

この村では牛や山羊などを飼っちゃいないので、家畜小屋とは名ばかりの鶏小屋となっている。

卵は意外と安価に手に入るんだよな、卵は。

個人で鶏を飼っている人もいるので、ここにいる鶏は村の共有財産のようなものだ。

管理はチャノスの家が一括でしている。

……それで？　なんでここに来たの？　五歳には全く分からない異世界事情なんだけど？

まさかの腹ごしらえとか言わないよね？　もう君らの行動原理ってよく分からないからさぁ、不安で仕方ないよ。

盗むのは卵が先か鶏が先か……お腹の減り具合によって決めるんでしょ？

いざとなったら止めようと思いながら付いてきた鶏小屋の前で、チャノスがポケットから取り出した鍵で扉を開けた。

普通に鍵が出てきたことにビビるんだけど？　管理はどうなっているんだろう……。

「来いよ、レン」

「う、うん」

手招きする悪馴染み共の後に付いて小屋に入る。

小屋の中はなんとも言えないような獣臭がしているうえに、金網なんかで覆っていないので鶏が方々で寛いでいた。

「コッコッコッ、コケッ、コッコッコッ」

おお……鶏がいるな。

うちって鶏いないからなぁ…………いいなぁ、欲しいなぁ、便利だなぁ、鶏。

……いざって時には肉にもなるという万能の鳥。

「おいレン！　どこ行くんだよ、こっちだよ、こっち！」

「う、うん。ごめん……」

欲望に突っ走りそうになって。

将来は何かしらの家畜を飼おうと決めることで欲望を振り切り、悪ガキ共の後ろに付いて小屋の奥へと移動した。

……いやなんにも無いが？

小屋に入って直ぐのところには、階段状になった鶏の寝床があるけれど、奥は運動スペースとでも言えばいいのか何も置かれていない。

手前のは寝床だよな？　寝藁敷いてあるし。

床がそのまま地面なので、穴が空いていたりフンが散らばっていたりして、正直あまり歩きたくない場所である。

その最奥、突き当たりの壁の前で、テッドが得意そうな表情で振り向く。

「へへへ。レン、初めてならビックリするぞ～」

既にしてますが？

「テッドじゃないんだ、そこまで驚いたりはしないさ。えーと？　……ああ、ここだ」

ペタペタと壁を触っていたチャノスが、言葉尻と共にその手を強く押し込むと――――壁がクルリと反転した。

…………忍者屋敷かな？

ここが木壁の近くということもあってドッと汗が出た。

「あ、あのさ！　そ、外に出るのはマズいよ……。また……」

おう、この分からんチンのバカどもが学習能力をママのお腹の中に残してきてんじゃないのか直ぐに取りに帰ってついでにそのまま生まれ直してもらって今度は年下として出来れば愛想があって可愛い感じで頼むわ！

なんとか止めなくてはと、しどろもどろになりながら二の句を継げないでいると、テッドが不思議そうな表情で首を傾げた。

「うん？　何言ってんだレン。大人の話をこっそり聞きに行くんだろ？」

「……あー。いやテッド、たぶんレンはここが外に繋がってるとか思ってんだろ。バカだなぁ、レンは。そんなとこ知ってるんなら、わざわざ壁越えたりしなかったって」

「あー！　そういうことか！　ふふ、そうだぞ？　バカだなぁ、レンは！　ここから外に出れるんなら、あんなに苦労しなかったよな！」

ターナー、角材。

ああ、そういや今日はいないんだっけ？

ターナー、角材。

右に左に手を伸ばしても空を切り、ターナーが角材を渡してくれることは無かった。

テッドが馴れ馴れしく肩を叩いてくる。

「慌てるなってレン。早いとこ行こうぜ、見つかったらマズいからよ」

そうだな、慌てることないよな、見つかるとマズいもんな……。

「じゃあ俺からな！」

「おう、早く入れ」

勢い込んで一番槍を果たすテッド。

答えるチャノスは慣れているのか、既に道を譲っている。

テッドが回転扉の向こうへと消えていく。

暗くてよく分からないのだが？　この向こうって外じゃないの？

脇に避けて待っているチャノスが俺を促してくる。

「早く入れよレン。誰かに見られたくないんだ」

なんだその台詞？　すげぇ悪い予感するんだけど……。

まるでどこぞの取り引き現場を目撃しているような心境で暗闇に向かって足を踏み入れる俺に、チャノスが追い打ちを掛けてくる。

「あ、言い忘れてたけど、ここの事は誰にも言うなよ？　本当なら俺の親父とテッドの親父ぐらいしか知らない筈のことだから」

ちょっとふざけんな。

それはこの村での最高機密を表す言葉なんだけど？

え？　うそだろ？　マジで？　本当に？

特殊なギミックと向かう先にある闇がチャノスの発言に真実味を与える。

これは聞いておかねばなるまい。

「そんなことを……なんでテッドとチャノスは知ってるの？」

そう、そんな最高機密事項をどこで……どうやって知ったのかを。

恐る恐る問い掛ける《探りを入れる》俺に、チャノスはあっけらかんとなんでもないことのように答えてくれた。

「遊んでたら見つけた」

今度から外に遊びに行かすの止めようかな？

子供の奔放さを放っておいたツケが怒涛のように襲い来る。

…………勘弁してくれ。

悪辣な幼馴染共にそう思ったのか、こんなもんを村に敷いた大人達にそう思ったのか…………俺も俺の気持ちが定かではなかった。

お先真っ暗だね。

この先に待ち受ける未来の話――――かどうかは置いといて。

現状の感想です。

回転扉を潜《くぐ》った先は光の入らない空間で、しかも狭かった。

直ぐそこにいたテッドとぶつかるぐらいなのだから、それほど奥まっては無さそうである。

……なんでここまで暗くしているのか。

鶏小屋も暗くはあったが、あくまで薄暗いの範疇で全く光が差さないということはなかった。

恐らくだが本来あった隙間に粘土や藁を詰めて光を通さないようにしているのだろう。

その厳重さに、この場所の特異性が分かる。

……なんでそういう所を見つけるんだよ、こいつらは……。

前文に似たような感想を持っていたのか、暗闇の中からテッドの声が響く。

「相変わらず暗いよな、ここ」

「ちょっと待ってろって……あ、レン。あんまり先に行き過ぎるなよ？　危ないからな」

それは早く言うべきだな。

「大丈夫だ！　俺がガードしてたからな！」

……ああ、それでぶつかったのか？

「あったあった。……ほら、どうだ？」

自慢気なチャノスの声と共に明かりが灯る。

光源の中心にはランプを手にしたチャノスが立っていた。

…………それ『光』の魔晶石じゃないの？　え？　いいの？　っていうか絶対無許可だよね？

本来なら油が燃えているであろう箇所に入れられた粉が自ら光を放っているランプ。

言わずもがな高価《たか》そう。

「見える見える。俺が先頭でいいよな？　貸してくれ！」

「ああ。気をつけろよ？」

頭ごしに交わされる会話をヒントに、未だ続きがあることが読み取れた。

チャノスからテッドに渡されたランプの存在が、どうやら暗闇を進む必要があるのだと予想させた。

光に浮かび上がるテッドが嬉しそうに手を振る。

「よし、こっちだレン。足元、気をつけろよ？」

お前らに気をつけるべきだったよ。

「あんまり離れるなよ、レン。光が届かないからな」

こんなに近いのに俺の想いは届いてないよ。

後ろから来るチャノスに背中を押されるようにしてテッドの後を行く。

……どうしようもない悪ガキ共だったわ、こいつら。

分かってたつもりだったんだが……つもりだった、だけのようだ。

数歩も行かないうちに、テッドの体が下がった。

たぶん小屋の壁に沿って歩いていた筈なので、ちょうどテッドの体が下がった辺りが小屋の終
……うわぁ。

チャノスが言っていた危ないの理由が分かった。

光源に照らされたテッドの体は、下がったのではなく――――降りたのだ。

地面に空けられた穴を。

整形されていないデコボコな感じが生々しい。

隠し通路………しかも地下通路？

パッと思い浮かんだ言葉の重さに俺が沈みそう。

なんなの、お前ら？

「大丈夫だレン。ちゃんと梯子《はしご》があるから」

そうじゃねぇよ。

立ち止まった俺を安心させるように促すチャノスに腹が立つ。

ここ、たぶん凄い重要な施設っぽくない？　いいのか？　子供が知ってて……。

振り向いてチャノスに訊いた。

「あ、あのさ………ここって、他には誰が知ってるの……かな？」

「ほか？　あー……アンとエノクとマッシは知ってるな。この前盗み聞きするのに使ったから。

……それだけかな？」

そんなにだよ⁉

ヒョコッと頭を戻してきてテッドが言う。

「あとテトラも知ってるぞ！　俺が教えたからな！」

余計なことすんなし⁉

そういえば……この前の大人会議の時に、どうやって託児所を抜け出してきたのかなって疑問だったんだけど……可愛いから別にいいかって流してたんだけど……もしかしてここから？

あ、危ねえ⁉　どんな冒険させてんだよ、テトラまだ二歳だぞ⁉

下へ降りていくテッドに、思わず地面を蹴って砂を掛けた。

「わっぷ⁉　おいレン！　砂落ちてきたぞ⁉」

「ああ、ごめん。怖くなっちゃって」

お前らがな。

「焦んなよ、レン。ゆっくり下りればいいからさ」

既に手遅れだよ。

どうやってここの利用を封じようか考えながら梯子を下りる。

穴にそこまでの深さは無く、直ぐに底へと辿り着いた。

良い考えは思い浮かばなかった。

……短いんだよ！

ランプを手にしたテッドが穴の底を照らしている。

どうやらまだ続きがあるらしく、照らしきれぬ先に横穴のようなものが空いていた。

穴の底から繋がる通路は、地面を横に掘り進んだだけのもので、木枠や石畳で舗装されているということは無かった。

大人一人がギリギリ通れる横幅と高さだ。

……もしかして非常用の脱出口？　いや抜け穴か？

暗闇の中を進んでいるうちに、この通路を作った目的に思い当たった。

隠された通路なんて物の相場は大体決まっている。

話の前後や方角的に繋がっている場所にも見当が付く。

そもそも鶏小屋の管理をしているのが何処かということを知っていれば自ずと答えは出る。

……そういえば、いざという時は避難所になると聞いたことがあったなぁ。

だとしたら……。

思わず振り返った先には将来の家主がいた。

「どうしたレン？　……トイレか？」

「ううん……」

お前がいいんならいいんだけどさ……。

たぶん面倒なことになるぞー。

いや、お前らかな？

チャノスが村長とチャノスの親父しか知らないって言ってたしな。

本来なら村長と家長ぐらいしか知り得なかった秘密なのだろう。

どうやって探り当てたのかは知らないが、こういうことは他人にバラすべきじゃないと学習してくれればいいと思う。

埋め直して新しく作るのか口止めするのかは、将来のテッドとチャノスが負うべき苦労だな。

幼馴染達の将来被るであろう負担を余所に、ここからどう盗み聞きをするのだろうと他人事のように考えながら、テッドを追い掛けて足を進めた。

◇

「ここだ！」

テッドが足を止めたのは、なんでもない所だった。

いや、そのように思える場所だった。

てっきりこの隠し通路を抜けてチャノスの家まで行くものだとばかり思っていたので、少し驚いた。

まだまだ通路の途中であることは未だ先が見通せない暗闇にいることからも明らかだ。

しかしペタペタと壁を触っているテッドの表情からは、間違いないと言わんばかりの自信が溢れている。

……壁に何かあるのか？

よくよく注意してテッドの手元を見てみると、ほんの僅かだが壁から何かが出っ張っていることに気付けた。

こういうの…………ほんとによく見つけられるよね？

テッドといいチャノスといい、案外冒険者に向いていそうで困る。

ゲームならともかく、現実に壁や壺を調べるといった発想は出てこない。

『常識だから』とか『捕まるから』とか以前の問題で…………。

ただただ面倒なのだ。

一歩進むごとに『調べる』コマンドなんてやらない。

いやゲームじゃやってた派だったけど、現実に普段歩いている道を『……怪しい』とか思って掘り返したりはしないでしょ？

それと同じだ。

ほぼほぼ徒労に終わることが確定しているのに誰がやるというのか？

「レン、これ俺が見つけたんだぜ！」

「テッド、声がデカい。ここからは静かにしろって、いつも言ってるだろ？　向こうにも聞こえるかもしれないんだぞ？　レンも静かにしてろよ」

……こいつらはやるんだよなぁ。

まるで悪戯自慢するようにランプで手元を照らすテッド。

壁から突き出したそれは……丸い筒状の物体で……。

配管のように見えた。

テッドが種明かしするように言う。

「蓋を開けたら向こうの声が聞こえるんだ！」

…………伝声管か？

「そっちは大人が会議する広い部屋ので、こっちのが執務室のだ」

後ろから注釈を入れるチャノス。

……こっち？　こっちって何？

振り返ると、チャノスが反対側の壁を触っていた。

どうやらそこにもう一つの伝声管があるらしい。

伝声管のある位置は子供であるテッド達のお腹ぐらいの高さで、しかも照らし出されたその色は壁と見分けがつかないと来ている。

こんな通路の途中にあるのだから、普通なら見逃しそうなもの。

勿論、それが狙いなのだろうけど。

……見逃してあげようよぉ。

「……こっちは何も聞こえないな。テッド、あるとしたらそっちだ。……まあどっちも何も聞こえてこないとかも、よくあるんだけどな」

こっちが呆然としている間に、チャノスは既に自分のところにあった伝声管の蓋の開閉を終わらせていたようで、テッドに開けてみろよと手振りで合図していた。

「よし！　レン、シーな？　あともっとこっち来いよ！　チャノスも！」

座り込んで手招きするテッドは、最高に楽しそうな表情である。

招かれるままに膝を突き合わせて耳を寄せるチャノスと俺。

……これで何も無かったら、ただ共犯にされたというだけで終わっちゃうんだけど。

なんたる理不尽か……。

しかしそんな俺の不満というか心配は杞憂であったようで――

『――だから、報酬額は減らしてくれていいって言ってんだろ？　その上で魔物を討伐できた時には五等分。なんなら指名料も払ってやるさ。何を悩んでんだ？』

伝声管は、しっかりとその役目を果たした。

伝声管から聞こえてきた声に、思わず幼馴染達と顔を見合わせてしまった。

二人にも聞き覚えがある声のようで……どうやら俺の考えている人物で間違いなさそうである。

常に怒鳴っているような、村で聞くことの無い低いダミ声。

――あの毛玉野郎の声だ。

『金銭の問題ではない』

続いて聞こえてきたのは村長の声。

テッドが驚いているので村長の予定を知らなかったのだろう。

だってチャノスの家だもんな、ここ。

何らかの話し合いがあるなら泊まっているテッドの家で話した方が早い筈だ。

チャノスの家に来ている時点で何を況んやである。

『ドゥブルさんの意向も勿論ですが、何より危険であるということが問題なのです』

おっと、家主の声だな？

チャノスの口がひん曲がる。

……もしかしなくても反抗期か何かかな？

俺には前の人生でも子供がいたことなんてないから分からないけども、この前からの態度でなんとなくそうなんじゃないかと思っていた。

男親に反発心が生まれているようだ。

『話の分からねぇ奴らだな？　危険なんてもんは、とうの昔に分かってることじゃねぇか。安全な魔物狩りなんてありゃしねぇんだよ。より安全にこなせるかどうかで冒険者の腕を見せてんだ。分かんだろ？』

…………なんの話をしてるんだ？

聞こえてくる話の雰囲気からは、冒険者が村長達に何かを要求しているようだが……。

金銭？　ドゥブル爺さん？　指名料？

朧げながら見えてきた会話の筋を決定付けるように冒険者の声が続く。

『悪りぃことは言わねぇから、『火』の魔法使いを貸してくれ。あんたらだってそれが最善なことくれぇ分かんだろ？』

『……調査で終わってくれても構わないのだが？』

『ああ、それで終われるんならそれでも良かったんだがなぁ……ちと遅かった。奴《やっこ》さんらを刺激しすぎたからな。今から村を出ても俺らだけ狙われちまうよ。上手く切り抜けられたとしても骨折り損じゃねぇか？　それなら減額でも討伐しちまったほうがいい。何より楽だ』

『応援の冒険者が来るまで村に滞在してくださってても構いませんが？』

『言ってんじゃねぇか……『遅かった』ってよ。今は牽制しあってる段階だが、俺らが村に籠もったら直ぐさま包囲を狭《せば》めてくるに違いないぜ。ここの壁じゃ足止めぐれぇにしかならねぇだろう？　持つと思うのか？　その応援の冒険者とやらが来るまでよ』

『………………フゥ』

『余計な金使うぐらいなら俺らに任せといた方が間違いねぇぞ？　大体、あれを討伐出来るって連中の要求する報酬はもっとデカいんだぜ？』

『他の方法は無いのですか？　例えば村の男衆を使って防衛するとか……』

『それじゃ結局犠牲が出ちまうよ。あんたらの思惑と違うと思うんだが、いいのか？』

『しかしドゥブルも村民に変わりない』

『だーかーらー！　そこは俺らの腕を信用しろよ！　大体元は凄腕って聞くじゃねぇか。……心配しすぎなんだよ。俺らだって少なくとも有象無象共じゃ相手にならねぇぐれぇ強ぇからよ』

『それなら全部やってくれても良いのでは？』

『……雑魚が何匹いようと相手にゃならねぇ。でもあいつは駄目だ。こっちにも被害が出ちまう。やってやれねぇこたぁねぇが……あんたらが村人に被害を出したくねぇように、俺らも仲間から被害を出したくはねぇ』

おうおう、風体に似合わないようなこと言いやがって…………やめてくれよ、テッドが『やっぱり！』みたいな顔してるからさ。

『……そこまで厄介な魔物なのか？』

『俺らよりあんたらの方が分かってんじゃねぇのか？　なんせどデケェ竜巻を生み出すような化け物らしいからな』

ごめんなさい。

『できるんならケツ捲くって逃げたいとこなんだけどよ。双方にとっての最良を示してんだから、あんたらも適当なところで妥協してくれや』

『そもそも当初の予定は狼の魔物の調査で、可能なら討伐って話だったろ？　確かに狼の魔物だったけどよ。ありゃ詐欺だぜ。狼の親玉みたいなデカさじゃねぇか。あ、親玉か』

毛玉の発言を後押しするように、初めて聞く声が続いた。

スキンヘッドか顔に傷がある奴の声だろう。

少しばかりの沈黙の後で、再び毛玉野郎の声が響く。

『それとも村を捨てるかい？　無理だろ。やれたとしても足の遅い年寄りや子供から餌食になるぜ。なんせ――――結構な数に囲まれてるんだからよ』

驚きで顔を見合わせた。

テッドもチャノスも被害には遭っていないが、魔物の恐ろしさというのは充分に伝わっていたようで、その顔色はやや青白い。

怖い目にあったもんな。

犯人はターニャだけどな。

『……その調査結果は確かなのか？』

疑いを声に滲ませているのは村長だ。

しかしその疑問にも頷ける。

森の奥へは入ってないけれど、ターニャと俺を捜索に来た時にも一匹たりと見ることのなかった魔物が、村を囲うほどいると言うのだから……不信も仕方のないことだろう。

『間違いねぇ。なんなら村の男で調べてみりゃいいさ。一人として帰ってはこねぇだろうがな』

随分と自信があるのか、毛玉野郎は間違いないと言い切った。

『…………そうか』

『村の奴らじゃあ、まず間違いなく包囲は突破できねぇ。ここに籠もっててもいずれは襲われる。俺らが受けた依頼は『森の調査』で『可能なら討伐』だよな？　だぁーから可能な方法を提示してんじゃねぇか。言っとくがな？　蹴るってんなら俺らは村の奴らが食われてるうちにズラからせてもらうぜ？』

『なっ⁉　何を言ってるんだ、あんた達は！』

『何がおかしい？　命あっての物種で、ここで張る理由が無いってだけじゃねぇか。なあ？』

『そもそも調査だけなら既に終わっている。引き上げることに文句を付けられる理由も、村人の為に体を張る義理も無い』

お、また新しい声だ。

向こうに何人いるのかは判然としないが、少なくとも冒険者パーティーの三人はいるようだ。

『…………ワシなら構わん』

『ドゥブル』

『ドゥブルさん⁉』

いたんかい。

「ドゥブ爺だ」

「……いたのか」

テッドとチャノスも小声でボソリ。

今の今までダンマリだったからね、まさか本人がいるとは思わなかったのだろう。

俺もだけど。

……寡黙だからなぁ、ドゥブル爺さん。

『狩りに出向くのとはまた別物だぞ？　いいのか？　村の防衛以外では力を借りないという約束だった筈』

『魔物が襲ってくるというんなら、これも村の防衛のうちに入ろう。…………ちと久しぶり過ぎて、やり過ぎないか不安だがな』

意見の決裂をみたドゥブル爺さんが、話を進めるために折れてくれたように感じる。

良い人なんだよな…………子供には怖がられてるけど。

『…………納得できません』

『ウィーヴィル』

チャノスの親父さんの名前だ。

ドゥブル爺さんが窘めるように言った。

沈黙から続く声が上がらないことからして、ウィーヴィルさんも折れたみたいだけど……。

村の立ち上げから一緒だったという三人だから、色々と思うこともあるのだろう。

それぞれ年齢差があるにも拘らず、ぶつかっているのを見たことがない。

三者三様の権力者なのに、だ。

物悲しい沈黙を、無遠慮なダミ声が破る。

『…………話は纏まった、と思っていいか？』

『決行は早い方がいい』

『俺たちの準備なんてとっくに終わってるからよ。その爺さんの心持ち次第で始められるぜ。今日でもいい』

捲し立てるように言葉を並べる冒険者三人。

待っていましたと言わんばかり。

『今日!?　何を言ってるんだ！』

『落ち着けウィーヴィル。……あなた方もだ。今決まったばかりのことで、こちらとしても即応するのが難しい。少しばかり時間を空けよう』

『あんまりのんびりしてられるような状況じゃねぇぜ。そうだろ？』

『だとしてもだ。一日二日ぐらいなら問題はないという報告だった筈』

『…………なら明日だ』

『ふざっ⁉』

『ワシャ構わん。落ち着け、ウィー』

……うひー、荒れてる荒れてる。

大人達の普段とは違う一面に、テッドとチャノスは驚きの表情を浮かべていた。

特にチャノスが凄い、口が半開き。

カッコつけのチャノスにしては珍しい油断だ。

母親との手繋ぎすら幼馴染を確認したら手を離すぐらい、外面を気にするタイプなのに。

入ってくる情報を整理しきれていないんだろうなぁ。

まさかの大当たりだもん。

……しかし伝え聞く限りでは、まるで今生の別れのような話しぶりである。

そこまで大した魔物《もん》じゃないと思うんだけど？

正直、ドゥブル爺さんなら死ぬ心配をするほうが難しいレベル。

そのデッカい狼が本当にいたとしてもだ。

そう思うのも、自分の魔法が予想以上の効果を発揮したからだろうか？

見せてもらったことのあるドゥブル爺さんの魔法の威力からしても、並大抵の魔物は大丈夫だと思うのだが……。

　なんか俺の知らない要素がある？

　疑問に首を傾げていると、毛玉野郎の声が再び響いた。

『決まりだな。なら明日の朝、日が昇ってからだ』

『待ってください！　きちんと契約を詰めるべきです！　準備も！　まだ話すことはある！　座ってください！』

『ウィーヴィル、落ち着け』

『いいえ落ち着けません！　追加でパーティーに入るんですよ？　しかも緊急で！　きちんとした契約と罰則事項を決めるべきです！』

『罰則？　何があるってんだ？　俺らはこの村のために働くんだぜ？』

『ドゥブルさんの扱いについてだ！　特に魔力が切れた後の！』

　………なるほど。

　ウィーヴィルさんの言葉で何を心配しているのかを察せた。

　村の奴と狩りに出向くのとは訳が違う。

　つまり――――

『俺らがその爺さんを使い捨てにするとでも思ってんのか？』

　毛玉の言葉は的を射ていた。

　仲間思いの冒険者で余所者、しかもドゥブル爺さんは囮にうってつけの高火力。

オマケに奴らは人相が悪い。

いやお前ら鏡見ろや、信憑性なんて欠片も無ぇからな？　顔変えて出直してこい、ってとこか。

売り言葉に買い言葉じゃないんだろうけど、ヴィーヴィルさんの本音に冒険者共が食いつく。

『それは侮辱だろう？』

『……ナメてんなぁ』

しかし他の冒険者共の言葉は、台詞ほど怒りを伴っていなかった。

むしろヘラヘラしているような印象すら感じられる。

……いや、無理からんだろ？

魔法を吐き出させた後に、ついうっかりと『事故』なんて起こされた日には……。

それで冒険者共の分け前が増えるとしたら尚更だ。

『落ち着けウィー』

『しかし！』

『そのような状況にはならん。これでも長いこと冒険者をやっとった。魔法使いの攻撃位置はパーティーの最奥で、盾にされるようなことは無い。少しでも異変を感じれば無理はせん。置き去りにされることを心配しとるのなら、それも大丈夫じゃ。常に一定の魔力は残すし、なんなら逃げ帰るわい』

『そういうこった。あんた心配しすぎなんだよ。こっちだってギルドの査定や他の冒険者からの評判だってあるんだからよ。別に監査を付けてもいいぜ？　そっちを守る義理はねえけどな』

『くっ……付けますよ！　当然です！』

『へっ』

ガチャガチャと剣帯が揺れる音と共に扉が開くような音が聞こえてくる。

どうやらお開きのようだ。

多数の足音が過ぎ去れば、伝声管から聞こえてくる音は無くなってしまった。

第18話

「大丈夫だって！　あれでなかなか仲間のこと考えてる人達だったろ？　ドゥブ爺を見捨てるようなことにはならないさ！」

うん、問題はドゥブル爺さんを仲間と思ってなさそうなことなんだよね？

台詞はともかく……見た目がね？　ね？　分かるでしょ？

無駄に自信を漲《みなぎ》らせるテッドに不安そうな表情で頷く。

鶏小屋へと戻ってきた。

掛ける言葉も無いような嫌な沈黙に、文字通り蓋をして盗み聞きを終えた。

普段見ることのない大人達の秘事を盗み聞いたことで、高まる心拍数のまま足早に進む幼馴染達の後を追って帰ってきたのだが……。

悪さと相まったのか、心配を置き去りにして興奮しているようにも見えるテッド。

ちょっと落ち着け。

あの冒険者共の話が本当なら村は狼の魔物に囲まれてるんだぞ？

しかも物騒なボス付き。

そもそも第一声が『見捨てたりはしない』な時点で、頭の何処かでそれを心配しているのは間違いないわけなのだが……。

「親父があんなに怒るのは珍しかったな……」

珍しいってことは怒られたことあんの？

ああ、そういえば最近やらかしてますもんね。

唯一顔を歪めているのはチャノスだ。

それどういう感情？

憎々しげと言うか、厳めしいと言うか。

まあマイナス方面なのは間違いなさそうなんだけど……。

最近気付いたんだけど、お前らも色々と考えてるんだなぁ。

すまん、てっきり頭空っぽにして遊んでるもんだとばかり思ってたよ。

俺の子供の頃ってのはどうだったたっけなぁ………今がまさにそれなんだが。

親友が落ち込んでるとでも思ったのか、テッドの意識して明るくしたような声が上がる。

「大丈夫大丈夫！　安心しろよチャノス！　どっちにしろ応援は来ると思うんだ、俺。親父って心配性だからさ。追加で依頼を出してると思うんだ。それにいざとなったら村の男達で戦えば時間稼ぎぐらい出来るだろ？　そうなったら俺も出るし！　イケるイケる！　な？　じゃあ戻ってカードやろうぜ！」

嘘みたいだろ？　これで中身が詰まってるって言うんだぜ……。

まあ言い聞かせてるだけかもしれないが。

自身の呟きを不安がっているように取られたとみたチャノスが、不満も露わに反論の声を返す。

「そもそも心配してねぇよ！　……ドゥブル爺さんが出るんなら問題無いだろ？」

「まあ、それもそうだな。な？　レン！」

「……そうだね」

そうなんだよなぁ。

この世界においての魔法の有無はデカい。

言葉一つで爆弾を生み出せるようなものなのだ。

対人戦となるとまた色々と問題があるんだろうけど。

人間は知恵持つ生き物だからね。

しかしこと魔物戦に限定するのなら魔法使いの強さというのは無類のものだと思う。

詠唱の時間というのは言うほど問題にならない。

無詠唱で発動するのに、その利点を捨てて決め台詞を吐いちゃうような奴もいるぐらいだしね。

圧倒的な暴力。

それがこの世界での魔法だ。

……しかし分かっていることと実感を得ることは違う。

テッド達の脱走が無かったら、恐らくは日の目を見ることのなかった俺の魔法。

前の世界での知識も合わせて、充分に理解しているつもりだったけど……やはりどこか憧れのような感覚で見ていたことは否定できない。

ドゥブル爺さんにしてもそうだ。

尊敬と畏怖を集める存在なのは知っていた。

炭焼きの見学という名の魔法の見学を、子供なら誰しも体験してきたことだろう。

その時に、人を丸ごと呑み込めるような火の玉が生まれる瞬間を見ている筈だ。

ちなみに炭焼きとは関係なかった。

たぶんサービスのつもりだったのだろう。

子供好きだからなぁ……それが怖がられる原因とも知らず。

しかし……そう、そこで正しく魔法の脅威を教えてくれているのだ。

今となってはそう思う。

魔法を使うまでのハードルの高さ、魔法使いと呼ばれるまでの努力、実際に生み出される魔法
……なるほど、ドゥブル爺さんは尊敬される存在と言えるだろう。

しかし、だ……。

魔法使いが魔法を使う、これを当たり前に受け止め過ぎていた気がする。

魔法なんて無い世界なのに、魔法という言葉が当たり前過ぎた前の世界。

初めて魔法を見た時は……驚いたし、ドキドキしたし、危ないものだという理解も、当然ながらしていた。

……しかしそれは『した』つもりだっただけなのかもしれない。

認識に差はあったと思う。

魔法というのは、たぶん俺が考えている以上にデカい。

だからこそ――――無くなった時の差も……デカいのだろう。

そこが村長達にとって心配の種となっている。

魔法を使えなくなった時のドゥブル爺さんというのは…………そして魔法を使い切る状況というのは…………。

実際は大丈夫だと知っている。

竜巻を生み出すような魔物なんていやしない。

冒険者達の判断は正しい。

ドゥブル爺さんなら、少し大きいぐらいの狼なんて物の数にも入らないだろう。

依頼は完遂される、問題なんて無い。

パーティーで対抗するのだから、尚のこと盤石だ。

……問題は無い……無い、筈なんだけどなぁ……？

たとえ冒険者パーティーと争うことになったとしても、勝つのはドゥブル爺さんで間違いないだろう。

それほどの力の差がある。

実際ドゥブル爺さんは熟達の魔法使いで、余程のことでなければ負けるようなことにはならないだろう。

そもそもなんの得にもならないわけだし……。

それに見た目は冒険者というよりも山賊っぽい冒険者達だが、正式な冒険者なのだ。

ここでドゥブル爺さんをどうにかする理由はないだろう。

期待の新人らしいし？　将来を棒に振ってまで、ドゥブル爺さんを使い捨てにする理由が見当たらないのだ。

考えれば考えるほどに、問題無さそうなのだが……。

見た目や行動の怪しさに引っ張られ過ぎて、何かあると思い過ぎてんのかなぁ？

その日は結局、一日中モヤモヤとした気持ちを引きずったまま過ごした。

第19話

発表のようなものは無かった。

ドゥブル爺さんが冒険者と共に討伐に赴く、といった内容のお知らせのことだ。

ドゥブル爺さんが行くのなら、その存在としての信頼度から、村人に微妙に漂い始めた不安感を払拭してくれると思うのだが……。

一時《いっとき》とはいえ村の最高戦力が村から離れるという事実が露見することを重く見たのだろう。

守られていると感じる方が安心できるもんなぁ。

そこら辺の差配は村長の判断なんだろうけど。

ただ色々と思うことはあったのか……。

珍しいことに、ドゥブル爺さんが訪ねてきた。

盗み聞きをした当日の夜だっただけに、少しばかり緊張してしまったのも仕方ないと思う。

玄関の扉を開けたところでフリーズだ。

「……なぁに？　なんでビックリしてるのよ？」

「人見知りの無いレンにしては珍しいな？　もう眠たいのかな？」

驚きに固まる俺に、両親が都合の良い解釈をしてくれる。

丁度ドゥブル爺さんのことを考えていた時に、ご本人が登場したのだ。

盗み聞きの件が頭を過《よぎ》っても無理はないでしょう？

扉を開けたまま固まっている俺を余所に、父が対応を代わってくれた。

「ああ、すいません。普段は人見知りなんてしないんですが……何かご用でしょうか？」

「いやな………その、薪を……持ってきた」

「ああ！　ありがとうございます」

「そろそろ寒くなってきますからねぇ、助かります」

森で切った木は全て領主様の物だ。

加工してチャノスの家から出ている馬車で送られていく。

その代金はちゃんと受け取っているし、減税にも役立っているので否やは無い。

個人で森に入って枝を拾うぐらいなら問題ないが、きちんとした薪を作るとなると手間で、村では意外と買うことが多かったりする。

しかし炭を作る関係上、ドゥブル爺さんにはどうしても薪が必要になる。

なのでドゥブル爺さんには勅令として森から木を切り出して炭を作るまでの工程に制限が設けられていないのだ。

その代わり一定量の炭を納めるという役割を負っていると聞いたことがあるけれど……もしかしたらそれが税金として扱われているのかもしれない。

まあ、ドゥブル爺さんだって魔法使いだし、優遇措置の一環という可能性もある。

なにはともあれ余分な薪を生み出しては配ってくれるドゥブル爺さんに、隣家の人は頭が上がらないという訳だ。

嬉々として受け取り頭を下げる両親。

横流し……とか考えちゃダメなんだろうなぁ……。

ちょっとしたお裾分けだよ、うん。

「食事はされましたか？」

「……いや」

「よろしかったら、一緒にどうですか？　特別な物はありませんが……」

母が外の薪置き場に薪を置きに行っている間に、父がドゥブル爺さんを引き止めていた。

……また勝手に……あとで母に怒られるよ？

頭上で交わされる遣り取りに、どうやら盗み聞きの一件では無さそうだと緊張を解いた。

父の誘いに、ドゥブル爺さんは首を振る。

「……いや、まだ配るところがある……」

どうも薪を配り歩いているらしい。

明日は討伐に赴くからかな？

……しばらく帰ってこれないと判断しているのだろうか？

村を包囲しているという話だったので、それが本当なら確かにかなりの数が予想される。

話の邪魔をするわけでもなくドゥブル爺さんのことを見上げていたら、気付かれたのか目が合った。

「こ、こんばんは」

「…………うむ」

おぅ、珍しく返答があったよ……。

そればかりか、俺の頭に軽く手を置いてくれる。

そして微妙に左右にズレる頭皮。

…………もしかして撫でられてますか？　髪は一切動いてないけども。

ドゥブル爺さんが呟きを零す。

「………十年ぐらいだな……この村が出来て……」

そうなの？

独り言と取っていいのか話し掛けられていると取っていいのか分からずに父を見上げたら、ちょっとした雑談とでも思ったのだろう、頷きを返す父がいた。

「そうですねぇ、僕らは第二陣だったので初期の頃はいませんでしたけど。やっぱり最初の頃は大変でしたか？」

「最初か………そうだな、大変だった。村を作ることよりも、村を始める準備の方が……」

「凄いことですよ。僕らはあとから乗っかっただけで……感謝しています」

「ハハ……なんのことはない。……大変ではあったが……嫌ではなかったからな」

おおお⁉　笑ってる⁉　笑ってるぞ⁉

ターニャとドゥブル爺さんには笑顔ってもんが無いもんだと思ってたよ⁉

そんな心の内を見透かされたというわけではないんだろうけど、俺の頭を撫でているドゥブル爺さんの手に力が入った。

明らかに慣れていない手付きだ。

頭皮ごと持っていく気かな？

普通の子供なら泣きそう。

ヨシヨシの意図が分からず、再びドゥブル爺さんを見上げると、予想よりも優しい眼差しが俺を出迎えた。

……なんかドキッとするな？　恋かな？

だからなのか……紡がれる言葉も、いつもより丸い気がする。

「そう……後から後から、少しずつ少しずつ……増えていく。…………こんなにも嬉しいものだったとはなぁ……」

……ドゥブル爺さん？

……なんの話だろうか？　ちょっと分からない。

「いずれは大きな街になったりするんでしょうか？　また新しく人を迎えて村を広げて……遠い遠い未来の話ですね」

答えたのは父だった。

……ああ、入植者の話だったか。

そういえば村を作るのは大変って話だったな……。

ドゥブル爺さんの予想外に柔らかい眼差しを受けてしまったせいか、一瞬だけ意識が逸れてしまって……なんだか全然別のことを言っているように感じられてしまった。

「なんの話？」

そこに母が帰ってきた。

「いや、なんでもないよ」

「……そろそろ行こう。……遅くなるといかん」

適当に話を流す父に、ドゥブル爺さんは話を切り上げて帰ると宣言した。

――それは明日の討伐のことを言っているのだろうか？

俺の頭を撫でていた手が離れていく。

「ありがとうございます」

「ありがとうございました」

両親のお礼の言葉を背に受けて、軽く手を振って帰っていくドゥブル爺さん。

何故なのか――くすぶっていた不安が、再び大きく燃え始めていた。

◇

次の日も、いつも通りに起きた。

心ここにあらずと火熾し機で家を燃やしたり水汲みで井戸に落ちたりする――ことも無く。

普通に食事して、普通に畑仕事。

しかし父が一緒なこともあり、手が余るという理由で午前中は割と自由に過ごせることになった。

望んでいた時には手に入らないというのに、特に欲していない時に限ってスルリと手の内に収まるものってなーんだ。

大抵の物がそう。

しかし子供を外で遊ばせたい派の母が言うのだから、それは遊んでこいって意味だろう。

とりあえずチャノス家の方へ向かおうとする俺に、両親から一言ずつ御言葉を頂いた。

「今日は雲が多いわ。昼から雨になるかもしれないから、気をつけるのよ」

「雨になる前に帰っておいで」

その忠言に空を見上げれば、確かに快晴と呼べるほどの空模様ではなかった。

……延期になったりとかしないのかな？

勿論、魔物討伐の話だ。

あの冒険者共が雨の中で仕事をするイメージがどうしても湧かない。

出発を延期してもおかしくないように思える。

なんか気になるんだよなぁ……。

朝の水汲みの時間、井戸場にドゥブル爺さんは来なかった。

いつもならムッツリとした表情で……しかし文句も言わずに桶を持ってきちんと並んでいるのだが……。

毎朝、挨拶をすると頷きを返してくれるドゥブル爺さん。

一つ前か後ろに並んでいたのなら、代わりにロープを引っ張ってくれたりする——なんだかんだで面倒見がいい爺さん。

意外とテッドとは気が合うように感じる。

ポテポテと歩きながら、チャノス家の小屋を通過する。

どうせ誰もいないのだから、わざわざ寄る必要はないだろう。

チャノス家の敷地をグルッと回って売店の方を覗いた。

数名の村人とユノの姿が見える。

冒険者は来ていないようだ。

……当たり前か、準備万端みたいなことを言ってたもんな。

…………なんだろう？

テッドやチャノスがバカなことをやった時のような嫌な予感というのは…………無・・い。

あるのは不安だ。

…………俺は何を心配しているんだろう？

やって来た冒険者は期待の新人とやらで、ドゥブル爺さんは魔法が使えて、魔物も村人が頑張れば対処出来るレベルで……。

やはり目にしていないボス的な魔物の存在だろうか？　それとも村を囲めるほどだと言う魔物の数だろうか？

…………どうもしっくりこない。

安心材料は山のようにあるうえに、テッドやチャノスとは違い、ドゥブル爺さんはやらかしたりしないというのに……。
・・・・・・・・・何かを忘れている気がする。
――――よく考えろ

誰かが叫んでいるような焦燥がある。

――――――――取り戻すんだ

……なんかなあ…………なんだ？

俺は……うん？

うーん？　うん……？　天気が悪いからかなぁ？　ちょっと頭痛がするなぁ……。

首を傾げながら歩いていると、テッドの家が見えてきた。

チャノス家に勝るとも劣らない大きさだが、土壁のような塀は無く、代わりと言ってはなんだが馬小屋がある。

チャノス家の馬も、ここで纏めて面倒を見ている――


――の、だが……………。


明らかに馬の数が多い。

これは冒険者達が乗ってきた馬も含んでいるからだろう。

だとしたら、まだ討伐に出ていないのではないか？

道なりに真っ直ぐ進んできたので、村の入口へと辿り着いた。

別に何か考えがあってのことではない。

考え・・・・があってのことでは……ない。

しかしドゥブル爺さんがいるのなら、激励ぐらいは……なんて思っていた。

あの別れの挨拶が俺を動かしていた。

何処でドゥブル爺さんの参戦を知ったのかという問題が出てくるだろうけど……。

その時はテッドとチャノスのせいにしよう。

村の入口には丸太で造った両開きの門がある。

魔物が出てからというもの、最近はずっと閉じっぱなしの門だ。

今日とてしっかり閉まっていて、門の両脇には門番代わりの村人が椅子に座って雑談をしている。

そこに声を掛けた。

「おはようございます」

門番の二人は軽快に返事を返してくれた。

「おーう、レン。珍しいな？　朝っぱらからここらをうろついてるのは」

「ハハ、今日は悪ガキ引き連れてないのか？」

多大な誤解があるね？

その言い方だと、まるでボス格が俺みたいだろ？

「今日は一人です。あの……なんか冒険者さんが朝にここを通るって聞いて……」

「ハッハッハ、なーんだ。レンもそういうことに興味が出てきたか？」

「テッドとチャノスが棒を振り回し始めたのも、これくらいの年齢からでしたねぇ」

不本意だ。

ナイス言い訳ってだけだから。

いいからはよ話せや。

「まだ来てないんですか？」

「ざーんねん。もう行っちまったよ」

「惜しかったなぁ。ほんとついさっきだったから、もうちょっと早く来てたら冒険者さんとやらを見れたんだがなぁ」

「ハッハッハ！　まあ気に病むな！」

「ははは……」

ポンポンと頭を叩いて子供扱いしてくる門番を愛想笑いでやり過ごし、入口を離れた。

外周を木壁沿いに時計回りする。

テッドとチャノスの一件から、外周の見回りが強化されたので、割と人の目を感じるようになった木壁周り。

ターニャの女子会やチャノスの鶏小屋の時は、あいつらが上手いこと警備の隙を突いていたのでそうでもなかったが……子供一人で歩いているとまるで監視でもされているかのようだ。

担当区分でもあるのか、ある一定の距離を歩くと、別の村人の目に留まり、前の村人からの視線が外れる。

声を掛けて挨拶をされたり、軽く手を振ってきたりと、その存在を主張しているので監視ってほどじゃないんだろうけど……。

精々が見張り。

しかしこれからやろうとしていることを考えると……監視でもあながち間違いじゃないと思う。

教会の前からこちらを見つめてくる神父のおじさんから目を逸らして北上した。

こっちに家があるから、別に変なことじゃない筈………遠回りだけど、いつも隠れ鬼とかやってるし………変じゃない筈。

なんでジッと見てくるんだよ！　あの外人傭兵部隊面は!?

齧っている野菜スティックが葉巻に見えてしょうがないよ。

教会《巣》に帰れ！　神が待ってるぞ！

ドキドキしながら木壁沿いを行く。

――この監視網には、恐らくだが一点だけ穴がある。

いや、出来たと言った方がいいか……。

本来なら一番監視する意味が少ないところで、心配する必要すら無い場所だ。

しかし今朝に限ってはノーマーク。

何せ家主がいないのだから。

外周を歩き続けて、その監視網の穴――ドゥブル爺さんの家に差し掛かった。

軽く周りを見渡してみても、やたらと見てくる大人達と視線が合うことはなく、しつこく付いて来ていた神父のおじさんの目も、ドゥブル爺さんがよく薪割りをしている場所辺りから外れた。

いつもなら子供の様子をつぶさに観察しているドゥブル爺さんの家の前だ。

まさか心配する大人もいまい。

隙を突いてドゥブル爺さん家の庭に素早く滑り込む。

本来ならドゥブル爺さんが切り株に座りながら薪を割っている時間なのだが……諸事情により今日は姿が見えない。

竈《かまど》のある、家の裏手へと行こう。

そこなら木壁が目の前だ。

乗り越えるに容易い。

誰もいないと知りつつも、コソコソとした足取りでドゥブル爺さん家の裏手へと回った。

しかしそこには――――


「……遅い」


何故か角材を握り締めたターニャが待っていた。

「…………ごめん、待った？」

咄嗟に『デートに遅れてきた彼氏』のような台詞が出てきたのは、俺も混乱しているからだろう。

待ち合わせした覚えがないんですけど？

ゴロゴロと鳴り始めた空は尚暗く――――しかし頭痛は消えていた。

◇

「……ん」

キスをせがむように両手を広げるターニャに困惑を表情に乗せて返す。

俺達、別にそういう関係じゃないだろ？

誘うにしてもここじゃ嫌！

「……早く抱えて」

「…………なんで？」

ターニャのジト目にジト目で対抗する。

ここは引けない、引くわけにはいかない。

なぜならターニャの経歴にまたしても傷を付けてしまいかねないからだ。

今度は四六時中、親同伴で行動しなくちゃならなくなるよ？

なーんてね、まだ何やるかも分かんねえだろ――

「……見に行くんでしょ？」

なななんのことやら？　小生には全くもって分からぬ次第でありますな⁉　持ち帰って前向きに善処するという形で意見の決着を見ようではありませんか！

真実を突いてくるターニャの言葉に内心が荒れたのも一瞬――

こんなときのための完璧な言い訳を述べる。

「……僕はドゥブルさんに薪のお礼を言いにきただけだよ」

「そういうの、いいから。早く」

いいや良くないよ……そういうの良くないよ！

必死に隠してるじゃん!?　頭いいんなら空気読んでよ！

くっそ、なんでターニャがこんな所にいるんだ？

なんて思いつつもどうせテッドあたりがベラベラと口を滑らせたんだろうなと理解している自分が嫌だ。

あいつはマジで一回シメようと思う、そのうち万引き自慢とか始めそうなタイプだもの。

ドゥブル爺さんが討伐に赴く――――というのが、ターニャが手に入れた情報だろう。

それは分かる。

しかしここで俺を待っているということは、こちらの考えを推測《見透かした》したうえで行動しているということであって…………つまり俺の行動が分かりやすいとかそんな馬鹿な理論展開に持ち込まれる可能性を示唆している。

そんなの認められるわけないじゃないか、ハッハッハ……。

子供に先読みされるとかそんなバカなことはない。

きっと夢か幻だな。

なんだ夢かあ、良かったぁ。

汗を掻きながら首を振る俺に、早くしろと言わんばかりに両手を振るターニャ。

「早く」

言ったよ。

「……そもそも抱えるとか無理だしぃ？　テトラみたいな幼児じゃないんだからぁ？」

「うそ」

「嘘やない」

「うそ」

だくだくと汗を流しながら目を逸らす。

大丈夫だ！　ターニャに自己強化魔法の方は見せてないから！　というか見えてなかった筈！

なんかもうなんでも出来るとか思われてても困るので……無理なものは無理だと分かってもらおう。

「……一瞬だった」

何が？

頑なに目を合わせない俺に、それでもターニャが語り掛けてくる。

「助けてくれた時、一瞬で遠くから目の前に移動してきた。そんな脚力があるんなら……わたしぐらい抱えられる。早く」

………そういえばそうでしたね。

アン《アホ》と同じような対応で誤魔化すには無理があった。

――しかしそれでもだ。

それでも連れて行こうとは思わない。

危ないからとか責任が持てないからとかじゃなく…………。

真正面から対する覚悟を決めて――――俺はターニャを見つめた。

「遊びに行くんじゃないし、慣れてもらっても困るんだ。行くの《俺》はの我儘で、巻き込むのも本意じゃない」

「うん」

「確実に怒られるし、戻ったらちゃんと外に出たことを告げようとも思ってる」

「うん」

「……ほんとになんでもないんだけど？　なんか妙に引っ掛かるというか、不安があるというだけで……」

「うん」

「…………それでも村の外は危ないし、ターニャは一度怖い目にも遭ってる……下手なリスクを負う必要は無い…………」

「うん。分かった。――――本音は？　わたしはレンの本音が聞きたい。本音を聞けたら……いい」

「……………………こういう、悪いことするのに誰かを引きずり込む…………みたいなことを、したくない……」

高校の頃。

なんでそうなったのか、そうしようと思ったのかを……よく覚えていないのだが……。

タバコを吸いかけたことがある。

結局吸っていないのだが、『吸っていない』ということが怖じ気づいているように感じられた俺は、タバコの先をガスコンロで無理やり燃やすことにしたんだ。

吸った、と見せ掛けるために。

………どうしようもないバカ野郎だったなぁ。

仲間内で、さも今吸い終わったとばかりのタバコを見せて『俺は悪さにビビってないぞ』といった態度を披露した。

そこまでなら良かった。

小心者の変な意地、ってだけで終われた。

しかし問題は、その後にきた。

親しかった友達の一人が「お前が吸うなら俺も吸うわ！」とタバコに手をつけてしまったのだ。

顔を赤くして煙に噎《む》せるそいつを見ながら、酷く後悔したことを覚えている。

それが切っ掛けでそいつがタバコにハマるということは無かったのだが……止めれば良かった、変な意地を張らなきゃ良かった、嘘だと言えれば良かった、などと、しばらくを悶々と過ごした記憶が残っている………。

後から悔やむから後悔……言葉としては知っていたけれど、酷く実感したのはこれが初めてのことだった。

俺の人格形成に影響したのは間違いないだろう。

しかしだからといって、悪さが減るなどということもなく……小心者が罪悪感を抱えたってだけの、よくある話に落ち着く《オチがつく》。

ただ――

それから……一人を良しとするようになった。

積極性が無くなったとか大人しくなったとかではないのがまた………なんとも小さい人間っぷりだ。

そうだ、『線』を引いている。

言われて気付くこともあるもんだ。

ああ、間違いなく。

生まれて五年、生前の俺なんて知っている奴はいないのに、俺は相変わらず臆病で小心でヘタレで気が弱い。

転生という言葉に託《かこつ》けて、子供だからという言葉を免罪符に、危険という言葉の盾の裏――

『己』を隠し続けている。

罪を隠して、能力を隠して、自分を隠して、それでも構わないと生きていく。

辛くはない。

隠すことが――俺の本質だからだろう。

正直、幾度となく隠している部分を見られたターニャには苦手意識がある。

ターナーで良かったのに……。

なんて思うくらい。

酷い奴だなぁ。

……なんでこんなことになってるんだろうな？

言わなくても良かった本音を、しかし吐き出したことで……また少し楽になる。

別に正直に生きたいわけでもないのに。

……この目が悪いな。

同じ茶色には思えないほどに澄んだ瞳――

ターニャのジト目は、負い目がある俺には随分と効くのだ。

溜め息を飲み込んで、しかしこれでターニャが諦めてくれるなら――と自分を納得させる。

期待に応えるようにターニャが頷く。

「……わかった」

「ありがとよ」

鼻で笑うのは堪えた。

それは余りにも無礼に思えたから。

しかし……なら放っといてくれればいいのに、と思うぐらいはいいだろう？

さあ壁を乗り越えよう――としたところで、再び腕を広げたターニャに、俺の表情が崩れる。

「早く」

「……それは話が違わない？」

「……違わない。本音はいいもの。違いない」

……それは卑怯が過ぎません？

…………もう振り切って行っちゃおうかなぁ。

こちらの思惑《ひょうじょう》を読み切ったターニャが、俺の足を止めさせるべく一言を放つ。

酷く不安を煽る一言を——

「早く。たぶん、ドゥブル爺《じじい》が危ない。早く」

◇

結局ターニャをお姫様抱っこしながら森を走ることになった。

お叱りは覚悟のうえで、それで済むなら安いもんだと豪語する幼馴染の男前なこと。

性別は女の子でいいんですよね？

「詳しく頼む」

「……東に」

ターニャを抱えながら木壁を飛び越えるという超人技を披露した後、恐らくは西の方だと予想する俺に、ターニャは東だと告げた。

……西じゃない？　だってハゲ跡があるのも西の方だし。

元々、狼の魔物が居たのも西側だ。

確認の意味を込めて視線で問い掛けると、ターニャはキッパリと首を左右に振った。

「……東。本命は南だけど……たぶん東。東回りで南の街道へ」

その心は？

「南から出て、帰る時は東の森から帰ってくるのが多かった……って、門番をやってた人に聞いたから」

……俺よりしっかり調査してるね？　いや、全然悔しくないけど？　ただどうかな？　……そういうのどうかなあ!?

本当に五歳なのかなって思うよ!?　あ、ははーん？　さては前世の記憶があるな？

おいおい五歳児だと勘違いしちゃったよ？　やれやれ。

消耗を考えて威力を調整した魔法が効果を発揮する。

威力を抑えての発動だ。

飛び越える時より腕に掛かる重圧が増えたように感じるが、それでも小さなビニール袋に空のペットボトルを入れた程度の重さである。

問題ない。

踏み出した瞬間から全力。

乗用車のような速度なのにバイクよりも小回りが利くというデタラメな体が、森の景色を後ろへ

と流していく。

「……速い」

「ご要望でしたので？」

ちょっとは鼻を明かせただろうか？

感覚を研ぎ澄ませながら後回しにしていた疑問を挟む。

「それで？　ドゥブル爺さんが危ないってのはどういうことだ？」

「…………あの人達は、嘘をついてる」

お、おう、俺もそう思っててん……ほんとだよ？

「竜巻の魔物とやらだろ？　でもそれは事実を知ってる俺らだから言えることで……」

「違う」

お、おう、せやな？　俺も…………。

「いや待て待て。なんの話してんの？　違うって何？　お前って言葉が足らな過ぎて、時折何言ってんのか分かんなくなるわ」

時折って言うか常になんだけど。

「…………分からない？」

「うん」

「分からない…………って、『わからない』」

分からないが分からないって……そりゃ分かってないんじゃない？

疑問を表情に出す俺に対して、ターニャの言葉が続く。

「知らないと分からないは同じ？　でも分かるは分かる。知るは分かる。得る、覚える、考える、それは知る。やっぱり『わからない』。……なんで分からない？　わたしは、分からないを……わかれない。…………………………これは、変なこと？」

すっごく変だけど？

めっちゃ変なこと言ってるけど？

それ今重要？

しかし思わず視線を落として瞳に映した少女の顔は、もの凄く不安そうで…………ターニャにしては珍しく、本当に珍しく――――年相応のそれに見えたわけで……。

迷子の子供のような、傷付くことを恐れているような。

……何を恐れているのかまでは分からないが。

――――言葉を選ぶべきところだ、と自然に思えた。

だから――――


「すっげぇ変」

しかしそれが出来るんなら、こんな捻じくれた性格にはなってないないわけで……。

ああそうさ。

どうしようもない奴なのだ。

物心ついた時からそうなんだから、死ぬまでそうなんだろうと思っている。

しかもなんの因果か地続きだ。

なら早々に治るもんじゃない。

文句は神様に言ってくれ、俺もそうする。

少なくともなんで記憶が残っているのかなんて驚くような奴に訊くことじゃない。

自分のことは隠すくせにだとか、性格そのもの《嘘吐き》は変わっていないだとか、女心を分かっていないだとか、そういう罵倒なら受け付けよう。

しかしこういう時の嘘は嫌いなのだ。

たとえ幼馴染の女の子の瞳に動揺が滲んでたとしても、だ。

「…………そ、う」

————ただ！

「それってそんなに悪いことかぁ？」

お定まりの台詞ぐらいは吐いておこう。

こう見えて————大人だったのだ。

アフターケアに気を使うぐらいの分別はある……と思う。

「……でも人と違《変》う」

「まあね。でも悪いことじゃないと俺は思うよ？　そんなこと言ったら俺だって変なわけだし。テッドとチャノスも頭おかしいし、アンなんてアホだぞ？　身近な知り合いだけで、こんなに変な奴がいるんだから、きっと世の中は変な奴で溢れてるって。当たり前のことさ。気にするこたない」

「そう……なの？」

「ああ、間違いない」

人間が人間である限り、自分と違《な》う奴なんて星の数ほどいるだろうよ。

少なくとも前の世界じゃそうだったと断言出来る程度に、世界はおかしな事だらけだ。

身をもって知っている。

「分からないでいいんじゃない？　知らないことも分からないことも、分からないでいいよ。ターニャだって分からないことがあるよ。伏せたカードの中身とか？」

「……」

そこは分からないって言っとこうよ？

「……俺が持ってる能力の全貌とか」

「……それは知らない」

「だろ？　いいんだよ、知らないも分からないで。小難しく考えんのは偉い人に任せてりゃいいさ。俺達には俺達の役割があるんだから」

「……役割？」

「そそ。村人AとB」

スローライフと村の名前を紹介するのが役目。

……両方クリア出来てないんだけどね？

「村人……」

ポツリと呟いたターニャの表情は分からない。

長い前髪が邪魔をしているから。

恐らくは――ターニャは本当に神童と呼べるほどの、それこそ不世出の天才なのだろう。

……さすがにね？　分からないわけじゃない。

飲み込みの良さ、頭の回転の速さ、独特な思考形態。

もしかしたら神童を神童と呼べなくなるほどの、それなのかもしれない。

前の世界に生まれていたのなら、間違いなく歴史に名を残す偉人――それが最低レベル。

なんでこんな辺境も辺境の小さな村に、庶民の子供として生まれてきたのやら……。

もし神様というのがいて、運命というものを操れるのなら………それは酷く――

――そう、酷く意地悪なものに違いない。

そして致命的な欠点もありやがる。

「そう、村人。将来は知らんけど、今は間違いなく村人」

自分に言い聞かせるようにターニャに言い放つ。

偶然か必然か――異常とも言える子供が二人、同じ時代、同じ年齢、同じ村に生まれてきた。

もしかしたら運命で、もしかしたら特別な何かを託されて、もしかしたら大事な役割があったのかもしれない。

でも、だ。

知らんがな。

別に反抗しているわけではなく……まさに『知らない』のだ。

ターニャの才能も、俺の記憶も、なんの意味があるのか『分からない』。

なら成るように成れだ。

数年考えて出した結論を、この賢い娘に伝えておくぐらいなら、俺にも出来る。

大したことない、ちっぽけなものだろうけど。

納得したのかしていないのか……声には出さず、唇だけ動かして、表情を見せないターニャが
――静かに頷く。

「…………うん」

「村人は村の一部だ」

「うん」

「助け合って生きてる」

「うん」

「だからこうして走ってる。ドゥブル爺さんを助けるために。そろそろ話を戻そうぜ？　ドゥブル爺さんが危ないのは、あいつらが吐いてる嘘にあんだな？」

「うん」

「あいつらの嘘《それ》はなんだ？」

未だ捉えられない冒険者一行に焦燥感が募る。
森に棲む小動物の反応ぐらいしか拾えていない。
ここじゃないんじゃないか？
もしかしたらターニャの予想が外れているのかもしれないと、確信的な答えを欲した。
俺の要望を正しく理解したターニャが端的に答える。

「――――冒険者じゃない」

冒険者じゃない？
「あの冒険者共が？」
俺の問い返す声に頷きを見せるターニャ。
冒険者が冒険者じゃないとはこれ如何に？
「いや……うん、まあ……なるほど……でもそれは……そうか？」
曖昧な返事になってしまったのも仕方がないと思う。
あの見た目なのだ。
誰もが一度は『こいつら賊じゃね？』と考えたことだろう。
俺も思った。
きっと大人達《他の皆》もそうだろう。
しかしそれだけでその結論に飛び付くのはどうなのかな？

「……でもそれは、村長達が確認してると思うんだけど？」

そう、重要なのはそこだ。

たぶんだけど、本人確認的《ギルドカード》なものが存在しているんじゃないか？

でなきゃ大人達の受け入れ具合といい信用度の高さといい、説明がつかないことが多過ぎる。

ここの村人は確かに善人が多いけど、人並みに排他的で、愚かでもない。

村の外から来た人間を無条件に信じるような性格をしちゃいないのだ。

俺の家の位置を考えれば分かることだ。

中心地から離れ、近くに住んでいるのは最高戦力。

逃げやすく、また守りやすい場所を考えれば……村の外縁に住むというのがどういう扱いなのかは自ずと知れる。

それだけ後から来る者を警戒しているのだ。

だというのに、大人達の会話の端々から聞こえる『間違いない』の言葉には、確信的な響きがあった。

間違いない、安心だ、大丈夫だ、と確信させる何か。

俺が知らない――――つまり異世界特有の信頼出来る何か。

警察に提出する運転免許証のような、病院で確認する保険証のような、本人の身分を確かに証明してくれる何か。

オーバーテクノロジー的《ぶっとんだ》な何かがあるのは――――『間違いない』。

そりゃもう前の世界の常識がある俺からしたら「インチキだ！」と呼べる手段さ。

そこは疑うべくもない。

村人全員が呑気ってことも無いだろう。

……無いよね？

「……してた。間違い……なかった」

そ、そこも調査済みですか……ゆ、優秀だなぁ～、ターニャちゃんは…………どこかの前世有りと違って……。

しかし間違い無いと判断しているのなら、ターニャの結論もまた違うものになると思うのだが？

俺の疑問を解きほぐすように、ターニャの声が続く。

「……『冒険者』であることに間違いはない。でも冒険者として来ていないことにも間違いが無い」

「別の何かとして来てるってことか？」

冒険者として……来ていない？

「そう。そして入り混じってる。そもそもの元は違う。攪乱」

……入り混じる？

腰を据えて話し合いたい《ご指導頂きたい》ような内容だが、ターニャはとにかく時間の節約を訴えている。

どうも切羽詰まっている事態のようなのだ。

よく分からんが？

「えーと、ちょっと待って？　冒険者であることに間違いがないのなら、ターニャはどこで冒険者として来ていないって判断したの？　そいつらがついてた嘘ってやつか？」

「そう」

「でもそれは竜巻の魔物云々じゃない？」

「そう」

「……じゃあどこでそう判断したの？」

分からんちん？　僕五歳。

見た目や粗暴さを除いたら、あいつらは普通の冒険者に見えた。

言われた仕事をこなしていただけに尚更だ。

実際、村長達はそう判断していた訳だし。

一体どこで……？

「――――歩き方」

…………音を殺すのが癖にでもなっていたんだろうか？

「一人、歩き方に嘘があった」

「一人？　一人だけ？」

「うん」

「つまり……そいつだけ、冒険者じゃない？」

「ううん。その人が冒険者。他は賊」

ちょ、ちょ～っと待ってね？　おじさん、頭の回転がいいわけじゃないんだ？　前の人生の知識があるってだけで……。

そもそもが、もう一回受験しろなんて言われても同じところに受かるかどうかも定かではないレベル。

並も並なの、特上じゃないの。

事前知識も大事だけど、本人の資質や対策や準備って重要だと思う。

他で負けてるせいか話に追い付けないよ!?

「村が狙われてる」

必死に理解しようとする前世持ちに、ターニャが分かりやすく結論を述べた。

……うん、それでいい……いいんだけど……なんだろう？　絶妙に……こう？　……傷付く、なぁ……それ。

「外に仲間もいる」

「……あいつらは……全員が盗賊とか山賊で、外に仲間が控えてる…………ってこと?」

「そう」

一気に背筋が冷えた。

「……ドゥブル爺さんを連れてったのは……こっちの戦力を――」

「――削るため。そう」

言葉尻を補ったターニャの言葉に冷や汗が流れる。

ようやく理解が追い付いた。

「わたしは寝てたからドゥブル爺《じじい》が来たのに気付けなかった。話を聞いたのは今朝で……予定に無いものだったから、怪しく思って門に行った。テッドが送り出した冒険者にはしゃいでて、しばき倒して吐いてもらった情報を基に、ようやく確信に至った。…………ごめんなさい。また、遅れた」

その後テッドがどうなったのかは置いといて。

普段に無い長広舌が、ターニャも動揺しているのだと教えてくれる。

「……それで、俺が同じ結論に至ってドゥブル爺さんの家に行くと思ったのか？」

実際は結論もクソも無い、漠然とした不安に突き動かされてだったんだけど！

ご、ごめんね？　カンニングありきで優秀《じゃなくて》。

「レンなら、一人で行く」

そこは反論できねぇ。

「……賊なんだな？」

「確実」

「ドゥブル爺さんが」

「危ない」

それだけ分かればいい。

……しかしそれが本当ならターニャには村に帰ってほしいところなのだが……。

時間が無いのと賊がいる森に放置できないのと何より場所が分からない！　……ので、連れて行くしかないように思える。

…………これ、狙ってないよね？

「ターニャ、だいぶ東まで来たぞ？　ここまで人間っぽい反応が無い。南に下るか？」

反応というのは、あくまで感覚の延長なので気配を察知するようなものではない。

目と耳と鼻をフル稼働しているだけだ。

肌感覚のような感度も上がるのだが、そっちは広範囲に使えない。

一度足を止めて倍率を上げるべきか悩む。

しかし魔力を節約すべきなのかも……。

もはや荒事が避けられそうにもないから尚更だ。

ここからは確認のための監視ではなく、人と人との——

知らず怯え始めた意識が、ターニャの呟きによって戻される。

「……ここまでに、何か他の反応はあった？」

「え？　あ……小動物の反応ぐらいかな？　僅かな呼吸音とか、地面スレスレで動くような、ネズミっぽい風切り音。複数の大人、もしくは個人レベルのものは無い」

「……小動物」

うん、でもそれこそ一々確認してられないだろ？

しかしターニャの考えは違うようで……。

「……近くのものでいいから確認して」

「お、おう」

ターニャの真剣な表情に思わず頷く。

「……戻るんじゃなく、少し風下を回って」

南下しながら西に？　調べてた範囲が被るぞ？

しかしターニャの視線はいつもより強い――

「行って」

「……はい」

抱き着いてくるターニャは、忘れそうだったが角材装備。

その迫力と相まって否とは言えない。

――しかしターニャの懸念や判断に間違いはなかったのだと、直ぐに思い知らされた。


それは――漂ってくる鉄のような臭いから始まった。

「……これは」

「わたしにも臭う」

北から吹く風に運ばれてきた臭いに足を止めた。

ターニャからの肯定が、俺の勘違いという考えを排除する。

「…………血の臭い、だよな？」

「そう」

珍しい断定口調がターニャの焦りを教えてくれる。

臭いの元へと足を進めた。

相変わらず鉄の臭いはにおってくるというのに、他の反応が乏しくて混乱する。

動物の反応も人間の反応も……無いのだ。

………ということは、あれだ？　なんだ？

どれだ？

混乱に焦りが拍車を掛ける。

冷静さを保とうとする理性が塗り潰されていく。

「まだ『わからない』」

ターニャの言葉に、熱を持った頭が冷やされる。

……遥か年下の女の子に気を使われるなんて情けねぇ中年だな。

抱きかかえたターニャだって角材を握り潰さんばかりだというのに。

「そうだな……まだ」

しかし希望は裏切られる。

視界を遮っていた木立の向こう。

ドス黒く変色した地面の上で――――血溜まりの中に見知った顔が沈んでいた。

「……あ」

「……ドゥブル爺」

咄嗟に魔法を解いてしまった。

感度を上げた目が、耳が、鼻が、そこで倒れているのは知り合いだと告げるのを否定したくて。

しかし急激に重さを増した腕の中の確かな感触に、これが現実だと突き付けられる。

呆けてしまう俺を余所に、ターニャが飛び出していく。

……………あ……そうだよ……何を、やってんだ、俺は！

膝が血で汚れることも厭わずにドゥブル爺さんと、恐らくは監査役であった村人の安否を確かめるターニャ。

少し遅れて俺も追い付く。

「……！　両方、息がある！」

「よ、よし！」

まずは血を止めなければ！

一度として使ったことのない魔法だが、己の異質具合を信じて使う。

……頼む！　他の何より、これだけは使えてくれ……！

願いが届いたのかどうかは分からないが、体の中の魔力を消費して、イメージした魔法が励起する。

ドゥブル爺さんの傷口を押さえていた手から、淡い緑色の光が立ち昇った。

「よっ……し！　傷口が……」

みるみると傷口が盛り上がり、白かった顔色が元の肌色へと変化する。

増血効果もあるのだろうか？

しかし傷口の治りが理想《イメージ》と違う。

傷痕さえ残らないぐらい綺麗に治るものだと思っていたのだが……。

もう一人にも同じように回復魔法を掛けた。

倒れているドゥブル爺さんの背中には、体の真ん中を通すような刺し傷と、肩口から脇腹へと斜めに引いたような斬り傷があった。

監査役の村人も脇腹をザックリといかれている。

傷の回復に際してうめき声が漏れる。

痛みは消えてない？

ピッタリとくっ付く訳ではないのか、今は引き攣れたような傷痕が残り、痛々しさを感じる。

これでは中身まで治っているのかどうかが分からない。

「……呼吸が細い」

「ぐっ、体力は……回復しないのか？」

しかもドゥブル爺さんが目を覚ます様子はないときた、ハハッ。

……なんだよこれ…………なんなんだよ、全然役に立たねぇな!?

俺も！　魔法《こいつ》も！

「……これで、どうだ!?」

込める魔力量を上げてみた。

しかしどうしたことか。

手応えを感じれない。

ハッキリと分かる――――これ以上は無理なのだ。
魔力は魔法へと入っていかず、魔法はドゥブル爺さんへと入っていかない。
無駄に無駄を重ねるような徒労感ばかりが募る。
魔法の痕跡である紫のオーロラばかりがドゥブル爺さんと村人に纏わりつく。
「くそ！　くそ！」
無駄だと分かりつつも回復魔法を連発する。
頼むよ？
昔からの知り合いなんだ。
……昨日、家に来てくれたんだ。
………ああ、そうだ、思い出した。
赤ん坊の頃、両親が俺を抱かせにと連れられて遊びに行ったことがあったじゃないか？
あれが初めてだ。
あの頃はやさぐれてて、随分な塩対応をした覚えがある。
抱かれている時を狙って粗相してやった。
やけっぱちもいいとこ。
でもひたすら頭を下げる両親を、ドゥブル爺さんは笑って許してくれて……。
昨日と同じ笑顔だったじゃないか。
何が初めてなもんか。

ドゥブル爺さんは、初めて会った時から笑顔だったじゃないか？
ああ……ちくしょう。
どこかで油断があったのだ。
どこかで甘く見積っていたのだ。
どこかで見誤ってしまったのだ。
どこかで…………ッ！

俺が！　呑気だったから!!

テッドやチャノスを笑えねぇ…………ほんと、笑えない。
いつしか魔法を止めていた。
耳を近づけなければ聞こえないほどの小さな呼吸音に集中するために。
消えないでくれ、消えないでくれ、と唱えていた。
歳も三十を越えると、色々な覚悟だって出来てくる。
幸いなことに、前の世界じゃ身近な人の死を感じることなんてなかった。
それは自分も含めて。
ここに来て、どこか現実感のようなものが薄れてしまったんだと思う。
『死』への。

神様は痛烈だ。

目を覚ませとばかりに横っ面を叩いてきた。

分かったよ、分かったから…………こんなやり方はやめてくれ。

この人達は関係ないだろう?

いくら祈っても、今度ばかりは届かないのか、呼吸音に変化はない。

むしろ小さくなったようにすら感じる。

何か助かる要素はないのかと、あちこちに視線を飛ばしてみても、ドゥブル爺さんを死へと誘う傷口ばかりが目に留まる。

――刺し傷に、斬り傷。

……刺し傷に、斬り傷。

刺した跡と！　斬った、跡だ！


――ぶっ殺してやる！


落ち込んでいた感情の波が一気に沸点まで達した。

まるでマグマのように噴出した何かが抑えきれなかった。

視界が紅く染まる。

――いや、染めてやる。

「……やっ、ろう」
怒りのままに立ち上がった。
出来る力がある――
なら。
それなら――
感情のまま魔法を使用する――

その、直前。


小さな手に、手首を掴まれた。

そんなこと出来るのは、この場に一人だけ。

「ター……」

「――できる？」

――ターニャが言ったのは、それが可能かどうか、ということだろう。

分からない。

しかし可能性は高いように思えた。

こと殺傷という分野では、この魔法という力は随分と優秀だ。

優秀に過ぎる。

そして俺の能力は『異常』だろう。

少なくともコップ一杯の水やライター程度の火を生み出すだけ――――なんて結果で終わる筈がなかった。

一瞬だけだが、生まれてこのかた感じたことのないような憎しみと怒りに沸き立ったのだから。


でも『できるのか？』と聞かれてしまった。


ターニャに他意は無かったと思う。

しかし……しかし俺にはそう聞こえてしまったのだ。

『お前に人殺しが――――できるのか？』と。

熱せられた頭に冷水を浴びせられた気分だった。

理性を取り戻した今、出来るか出来ないかと問われれば…………。

――――出来ない。

人間は感情で生きている。

情が、心が、勢いが伴わなければ、人を殺すなんて出来やしない。

……少なくとも俺はそうだ。

それでも行わなければいけないというのなら…………。

それは感情を殺してやらなければならないだろう。

……俺には無理だ《それは出来ない》、と感じる……感じてしまった。

さっきまでなら……殺れたと思う。

でも今は無理だ。

この――責めるような、凍えるような、冷めたジト目で、見られているうちは。

――じゃあ、置いとけ
……………はあ～～。

細く長い息を吐き出した後で、しっかりとターニャを見つめ返して言った。

「無理……たぶん」

「……そう」

どうしようもない脱力感が襲ってきた。

行き場を失った怒りがモヤモヤへと変わる。

これはターニャに一言言っておかねばなるまい。

確かな文句を。

「ターニャ」

「なに」

「ありがとう」

「……そう」

どうも冷静さを失っていたようだ。

…………いや、しかし。

いざという時に頼りにならないとかどうなの？　大人としていいのだろうか？

……ま、まあ？　まだ子供だし？　……今回は勘弁してもらうってことで。

将来の俺に期待しよう。

暴力的な衝動が収まれば、残るは小心者のそればかり。

途端に頭をもたげるドゥブル爺さん達の安否。

何度確認したところで意識は戻らず、未だに呼吸は細いまま。

もはや出来ることがない。

「……村に運ぼう」

「………待って」

ドゥブル爺さんの肩に手を掛けたところで、ターニャから待ったが掛かった。

実は動かすことにも躊躇していたので、割とすんなりと手を止めれた。

もしや……何か良い案でもあるのかな？　うわっふ、マジ天才、さすター。

こと凡人中年では思いも寄らない良策があるとみた！

さあ、どうぞターニャ様！

「…………………時間が無い」

「……ドゥブル爺さんに？」

見れば分かるが？

「村に」

村に？

「ドゥブル爺を刺したということは……最終段階に入ってる……」

「村が襲われる……ってことか？」

「…………そう」

あ、なんか嫌な間だな。

なんか『分かってないけど説明するの面倒だから』みたいな面倒臭さを感じたぞ。

腐っても幼馴染なのだ、そういうの理解出来ちゃう。

いやいや俺だってちゃんと分かってるって！

冒険者共は冒険者っていう身分は本物だけど賊として村にやって来てて、その目的は村を襲うこと。

村に来た四人以外にも仲間がいて、そいつらは東から南の森に潜んでいる。

人の往来や通信の妨害を考えれば南の森が妥当かな？

ターニャの予想でも本命は南だと言っていた。

東へはドゥブル爺さんを始末するためだけに引っ張ってきたのだろう。

南へ行くと街道が近いので、万が一にも邪魔が入らないところで始末したかったんじゃないか？

そこで魔物はこっちだとドゥブル爺さんを東に誘った。

なにより魔物のボス格が街道付近に出るとなると、説得力が下がるうえに下手したら領主が出張るような事態に為りかねないもんな。

だから遠回りになろうとも一旦は東へ行くことを決めたのだろう。

ドゥブル爺さんに危害を加えた後で、改めて仲間と合流……って感じかな？

ふふふ、これでも中身は一通りの教育を受けてきた大人なので！　ちゃんと順序立てて考えれば楽勝ですわ！

なんで村を襲うのかとか、どれぐらいの仲間がいるのかとか、どうして時間が無いのかとか――は、あまり時間が無いから後で説明するとして……うん、時間無いからね？　無いんでしょ？　時間。

まあ、とどのつまり――

「要はあいつらが村を襲うのを止めればいいんだろ？」

「……」

何かな？　その脳筋《テッド》を見つめるような目は？

知らなかったのか？　俺もあいつらと一緒で君の幼馴染なんだけど？

――しかしここからがあいつらと俺の違うところなわけで。

「俺に考えがある」

「……どんな？」

なんでそんな不審《不安》そうなの？

ハハハ、不思議ちゃんだなぁターニャは。

大丈夫大丈夫、子供にゃ出来ない大人の話し合いってのがあるんだよ。

「あいつらは冒険者だな？」

「……うん」

「そして受けた依頼というのは、森の魔物を捜し出して倒すことだ」

「……うん？」

ああ、ほんと……。

一週間も捜させて、悪かった。

「ご希望通り、捜してる魔物に会わせてやんだよ」

待ってろよ？

――――森の魔物が、行ってやる。

第20話

「……」

「……できる？」

うわあああああああああああああ⁉

『待ってろよ？　森の魔物が、行ってやる。キリッ』じゃねぇよ!!

なんなんだよ!?　魔法《こいつ》、もうよぉ!?

ドゥブル爺さんと監査役の村人を背負って移動した。

さすがに二人抱えてとなるとそんなに速度は出せなかったが、小走り程度の速さは保てたと思う。

ターニャを引き連れて南の森へと一直線に向かう途上で、人の気配を捉えた。

捉えたというか……酒盛りをしていたようなので嫌でも分かったというか……。

未だ東の森と呼べる範囲だが、もしかしたら奴らが一時的な拠点としていた場所なのかもしれないと、探りを入れるついでに、ここで大人《俺》の策を披露してターニャ《子供》の不信感を払拭しようと考えた。

俺の秘密も守れて、奴らも撃退可能な、一挙両得とも言える完璧な策を――お見せしましょう！

酒盛り中の奴らに気取られないように、執拗なほど距離を空けてから、ターニャと怪我人の安全を確保した。

魔法《秘策》を行使する。

「見よ！　これが現代魔法の粋！　ゴーレム化《ゴレゴラム》だ！」

昔、マンガで土を纏って攻撃する奴というのを見たことがあるんだ。

凄い雑魚だったけど。

しかし姿を隠せるという一点においては一考の価値がある。

魔物に《のフリで》なって賊を撃退、するとどうだ？　村はハッピー、俺もハッピー　皆幸せ。

完璧過ぎる自分の才能が怖い…………異世界で開花してしまったわ、どうする？

そんな幸せな妄想を抱きながら、モコモコと盛り上がる土と俺とが合わさるべく手を伸ばして
――……手だけ覆われる結果で終わったゴレゴラム。

おかしいな？

きっと魔力が不足していたのだろうと、今度は土に手を付けて魔力を馴染ませるよう努力した。

しっかりとイメージ！　そして発動！

土が手を覆った！

それは手の形になったというよりも、ただ手に盛り土したような状態で…………見ようによっちゃ拘束されているようにも見えるな？

ポツリと呟かれたターニャの一言が痛い。

あれ？　もしかして皮肉った？　え？　いま皮肉ったか幼馴染？

「……んでだよぉおおおお!?　もうこいつの発動条件とかよく分からん！　俺、こいつのこともう分からないよ!?　こんな不安定で不確かなもんを技術として組み込んでんじゃねぇよ世界！」

「……落ち着く」

「無理だね！」

「……そう」

「ごめん！」

「……いい」

年下の女児に当たってしまったことで、やや落ち着きを取り戻せたが…………これじゃ作戦は失敗だ。

ヤバい、完全に詰む……どうする？

ジト目が刺さる。

「……レン」

「フッ。今のはちょっとした余興さ。次が本番。次がラスト。オレ、デキる。チョト、マテ」

「……そう」

俺は学習した。

気合いを入れたところで、いつかの川の水の二の舞いになるんでしょ？　そうなんでしょ？

とにかく魔力を過剰供給しようと己《おの》がゴーストに問い掛けようと必死こいて神頼みしようと、無理なものは無理という結果に収まるのが魔法。

どうも限界値みたいなものが備わっているように思える。

もうね、魔法に夢見ちゃダメなんだよ。

ここじゃ現実的過ぎる技術でしかないから。

つまるところ『土』じゃダメなのだ。

……相性みたいな物が存在するのか？　それとも適性？　もしくは魔力の質？

………………分からん。

全く深く考えたことのない弊害が出ている。

しかし属性というものは、多岐にわたることが確認されている。

他の物で代用してはどうだろう？

例えば『火』――焼け死ぬ、『水』――いや隠せないから、『風』――カッコいいかよ、『光』――目が目がぁぁ、『闇』――隠れ過ぎだよ、あとは…………なんだ？ ……あのあの、あれあれ。

何かないかとターニャの方に視線を向ければ、返ってくるジト目。

違う。

アイデアアイデアアイデア、森なんだから見渡したところで木しかない⁉


…………それでええやん？


というわけで『木』を採用。

魔法って言うから四元素だとばかり……よく考えたら五行思想なんてものもあったなとオカルト思考。

魔法と違うけど。

まあ出来ないなら出来ないで砕けよう。

あんまり時間も掛けられないようだし。

ただイメージがぼんやりとしていていてイマイチ固まっていないのだが？ 『木』ってなんだよ、木人にでもなれってか？

しかし他に良い案も思い浮かばなかったのでとりあえずやってみる。

体に植物……体に植物が巻き付くイメージ……。

発想に魔力が吸い取られ魔法が励起する。

属性は『木』。

とりあえず『土』の時と同じ格好で変化を待つ。

すると何処からともなく伸びてきた蔓や草が、手元や足元から体に纏わりついていく。

執拗なほどに隙間無く体を覆う草木。

関節部分の可動を考えてくれているのか伸縮は利くようだ。

無駄に気遣いが良い……。

こういうの何処かで見たことあるなぁ……と現実逃避しながら記憶の底を探ると、友達と行ったサバゲーが思い出された。

確か……ギリースーツって言うんだっけ？

腕から垂れた蔓や頭から伸びた花を含めても、ギリギリでギリースーツに見えなくもないだろう。

……手、どこ？

視界が確保されている不思議には文字通り目をつぶって、動けるかどうかの確認をする。

軽く走って、跳んで、寝転がり、射撃姿勢。

完璧だ。

「どう？」

いつの間にか怪我人の隣で体育座りをしていたターニャに、目線低く訊いてみた。

「…………そう」

それは返事になってないと思うんだけど？

無言で差し出される角材。

思わず受け取る。

切腹って意味じゃないよね？

地球じゃないもんね？

第21話

高揚感と緊張感が綯《な》い交ぜになったような心境だった。

経験したことのない変な気分だ。

サバゲーをやった時のようなドキドキでもなく、校長の待ち受ける壇上に一人上がるような緊張でもない。

…………なんて言えばいいんだろ？

武者震い。

たぶんそれが一番近いと思う。

震えてないけど。

ギリースーツの防御力とかはどうなのだろうか？　角材の強度は？

やはり不安はある。

しかしそれ以上に、奴らを打ちのめしてやりたいという気持ちの方が強かった。

しかしそれは怒りではなく――

…………あれ？

気付けば未消化の怒りは何処かに行ってしまっていた。

ふとターニャから借りた角材が目に付く。

……手の部分が持ちやすいようにヤスリ掛けされてるんですけど？　武器《女子》力《カ》高ぇな、ターニャさんは。

しかしそこは子供が振り回す角材、どうしてもポッキリ逝きそうな気配である。

これ硬くなんねぇかな？

この手の強化に『魔力を纏わせたら硬くなる』というものがあった気がするので、この世界で通じるかは分からないけど魔力を流して硬くなるようにイメージしてみた。

すると魔法が発動した。

…………うん？

パキパキという音を伴っただけの魔法。

角材の見た目に変化は無く、しかし硬度だけは――――劇的に変わってしまった。

金属までとは行かずとも明らかに木の柔らかさが消えている。

カッチカチだ。

…………これ、ターニャに返して大丈夫だろうか？

………………戦いの中で剣が折れるのはこれ激戦の証。

ターニャも分かってくれるさ。

息を潜めながら奴らを確認出来るギリギリまで近付く。

茂みを歩く時に、どうしても葉音が鳴ってしまう。

……仕方ないと思う、こちとらプロじゃないのだから。

森に出ることだって許される年齢じゃないのだ。

本来ならこれから色々と教わっていく予定だったのに……くそ、これで森デビューが遅れたら今度からうちの村は冒険者お断りにさせてもらうからな！

一雨来そうな森の中、そんなことは関係無いとばかりに、焚き火と言うには大きめの火を焚いて飲んだくれている輩共に近付いていく。

そこそこの広さがあるのは切り開いたからだろう。

ハッキリと切り株が残っているし、雑だが整地もしてあるようだ。

車座になって宴会をしているのは――――村で見かけた冒険者ではない。

見知らぬ……小汚い野郎共だ。

どこからどう見ても賊なんですけど？　お前らもうちょっとどうにかならんかったのか？

「……んー？」

あ。

振り返った赤ら顔のオヤジと、バッチリ目が合ってしまった。

い、いくか⁉　ちょっと心の準備出来てないけども！　い、勢いで……！

「どうしたぁ？」

「………いや、ネズミかなんかだろ？」

「ハハハ！　ここにも大きいのがいるぞ！」

「そっちじゃねぇよ」

おおい⁉　気付かないのかよ⁉

マジでどうなってんだろ、俺の見た目……。

ちょっと鏡が欲しい。

茂みから顔を出して覗いていたところを確実に捕捉された筈なのだが……目の合ったオヤジは俺を見つけられずにいた。

まあ結果オーライだ。

「で？　そのネズミはどうすんだ？」

ついでに人数を確認してしまおうとそのまま堂々と覗き続ける。
一、二……。
「いざという時のための人質にでもなるんじゃねぇか？」

「面倒くせぇよ。もう飽きちまったし、殺しとこうぜ？」

「お頭《かしら》に訊きゃいいだろ？　戻ってくるまで待ってろよ」

「そうすっか、ね！」

言葉尻と共に蹴り上げられたボロ雑巾のような何かに……見覚えがあった。

いつもなら小生意気な表情で見栄を張る、実は冒険者を目指しているらしい年上の二人。

俺の見間違えじゃなきゃ――


エノクとマッシ……に、見える何かだな……。


酷く腫れ上がった顔に、折れ曲がった手足が痛々しい。

蹴り上げられているというのに、呻《うめ》く様子も身じろぎする様子も無い。

ミシリ、と握り込んだ角材が鳴る。

ターニャが落ち着くように言っているのか……。

無理だ。

頭の何処かは冷静で、やはり人殺しには強い忌避感があると分かる……。

しかし暴力的な衝動を抑えるつもりはない。

賊は四人。

ボッコボコにしてやる。

やはり簡易的な拠点だったのだろう。

泊まった跡などはあるが、適当に雑魚寝でもしていたのかテントのような物は無い。

己の感覚も他に人がいないことを告げている。

行こう。

ブチのめしてやる。

一呼吸する間に飛び出して、目の前で背中を見せているオヤジ――さっき覗いていた奴だ――にフルスイング。

脇腹を打ち据えた角材から骨を折った手応えが返ってくる。

……嫌な感触だな！

「……は？」

野球のボールのように飛んで行ったオヤジを見終えることなく、続けて呆けた面をしている賊へと襲い掛かった。

そいつは酒を片手に胡座《あぐら》をかいていた。

返す刀で肩口から入材、骨がゴミのようだ。

「あぎゃあああぃっ!?」

「うるせぇよ」

肩を押さえて叫ぶ賊の顔を蹴飛ばして気絶させた。

「ま、魔物だ!?」

「今喋ったぞ⁉」

いきり立って武器を抜く残りの賊に、焚き火を飛び越えて襲い掛かる。

「と、飛んだ⁉」

「そりゃ飛ぶさ？」

突き付けられる刃物を角材で横から殴り砕く。

安物だな？　角材に負けるとかそれで金属のつもりなの？　次は金を惜しむなよ？

お前らに次は無いけどな！

二振り目で、砕けた剣を持つ賊の顎も砕いた。

飛び出した勢いを殺すために、顎を砕いた賊の胸へと着地して蹴飛ばす。

しかしそのために体勢が崩れ、隣りにいた賊からの攻撃を受けることになった。

――――角材が間に合わない。

横合いから振り下ろされた剣に素手で応戦――――ぶん殴る。

拳が間に合い、剣の横っ腹を強かに打ち付けた。

襲撃に動揺していて握りが甘かったのか、あっさりと手放された剣が森へと飛んでいく。

武器が消えてしまった手の中を、驚いた様子で見つめる賊の顔に、今度こそ角材を落とす。

鈍い音が森に響いた。

……こいつが一番重傷だろうけど、加減したので死んではいまい。

みね打ちじゃ、安心せい。

まあ、みねしかないんだけど。
潰れた顔面を晒しながら仰向けに倒れた賊で、合計四人。
足先でつついて起きて来ないことを確認してから、強化魔法を解いた。
途端に震えが戻ってくる。
やった……やれたぞ。
荒い息を吐き出して、手の震えが落ち着くのを待つ。
「フー、フー…………なんとか、やれたな」
少しばかりの自信と共に、ヤケクソ気味に笑みを浮かべる。
落ち着いたらメンタルチェックでもしようか？
しかし異常を感じているのは精神ではなく肉体のようで……。
……なんか、異様に……体が熱いんだけど？
まあ、興奮しているからだろう。
そうに違いない。
パチパチという音には…………き、聞こえないフリでもしておこう。

◇

魔物を殺した時よりも、人を殴り倒した時の方がショックが大きかった。
たぶん、魔法と武器の違いなんだと思う。

それか人の形をしているかどうかの違い。

前者は必死に耐えて我慢してれば恐怖を飲み込めるような感じがあったのだが、後者は剥き出しの何かが削られて空気に晒されていくような感覚があった。

我慢して耐えていれば……過ぎ去るというよりか慣れそうな……そんな違いがあった。

まあ、深く考えてる暇なんてなかったので詳しくは不明だ。

なんせギリースーツに着いた火を無視しきれず、必死になって消火することになったから……。

魔法を解けば良かったのでは？　なんて思ったのは火を消すために地面を転がり回った後だった。

戦闘よりもヘトヘトになってしまったからか……気持ちとかもうよく分からん。

い、生き残ったぞ！

そんな感じ。

焼けたギリースーツを解いて、疲れた体を引き摺りながら、エノクとマッシの回収をする前にターニャと怪我人を迎えに行った。

「……どろどろ」

「ああ。なかなかに熱い戦いだったな」

ターニャの洞察を回避するために苦戦を強いられたように言っておく。

実際は秒殺だったけど黙っておこう。

熱い戦いだったことに変わりはないもんね？

怪我人とターニャを引き連れて、エノクとマッシが居る場所まで戻った。

焚き火の明かりに照らされた森の一角は、生活臭が凄かった。

寝袋……というか汚らしい毛布が雑然と積まれ、食事の跡であろうゴミも脇に避けられているだけの有り様だった。

その隣りで山と積まれているエノクとマッシが実に痛々しく、どのように扱われていたのかが分かる光景だ。

ジト目さんがボソリと呟く。

「……エノク」

「と、マッシな」

「……なんで？」

「うん……なんでだろうなぁ」

なんで『こんなことに』なのか、なんで『いるの？』なのか、どっちかだと思うんだけど……。

ターニャの表情は、相変わらず変化に乏しく感情が読みにくい。

大方待ち伏せでもしてたんじゃねぇの？　ほら、自分の腕を見せるために？　とか。

「……荷物が増えた」

「お、おう」

あれれ？　ターニャさん怖くない？　ドライ過ぎない？　それじゃドゥブル爺さんと監査役の人も荷物になっちゃうよ？

か細いながらも呼吸を続けるドゥブル爺さんと監査役の村人の容態は、安定しているように見えた。

どうやら回復魔法はちゃんと中身にも効いているようだ。

しかし未だ安心は出来ないので、できれば早く神父のおじさんに診せたい。

葬儀的な意味合いじゃなくね？　教会って病院的な意味合いも持つから。

更にエノクとマッシも、だ。

とりあえずは回復魔法を行使。

パンパンに膨れ上がっていた顔が見る見るうちに縮んで、手足の関節も健常だと思える位置に戻った。

ドゥブル爺さん達との治療とは違い……傍目には完璧で、ただ寝ていると言われてもおかしくない有り様である。

しかし両者共に目覚める気配はない。

体力まで戻ってないのかな？　もしくは…………体力を、削っている？

……分からない。

謎だ。

こっちでエノク達の怪我の治療をしている間、ターニャは俺が生み出した蔓で賊共を縛り上げていた。

顎や肩が砕けていたり、顔が潰れていたとしても、割と容赦がないのは……賊故に、だと思う……。
タ、ターニャさん？

結構執拗に縛りますよね？　あ、いや別に悪いって言ってるんじゃなくてですね？　用心？　ああ、うん、そう……ですね……逃げられたら面倒です、もんね……？

ゴミの山と化していた木の根元に、縛り上げた賊を更に縛り付けて、とりあえずの目処がついた。

さて………。

「あの………ターニャ、ちゃん？」

これから行う告白を前に緊張から下手に出てしまう。

しかしターニャは分かっているとばかりに頷いた。

「……行っていい」

「あ、うん……」

………もしかして、怒ってる？

村に近い拠点――恐らくは『見張り』としての役割もあったのだろう。

人数からしてもおかしくない。

ここからなら比較的軽傷だったエノク達が目覚めれば、村に逃げ込める。

見張りは絶賛縛られ中なので、障害は無いと思う。

――なにより、『森の魔物』がターニャ達と共にいるのは色々と不都合《マズい》があるのだ。

姿を隠す意味とかね？　別に除け者にしたいとかじゃないんだよ？

人数が増えたのだから、足が重くなるのを避ける、という思惑もある。

あと万が一を考えて、誰かが村に危険を伝えられるようにしておきたいっていうのも……。

幸い、魔物やら賊やらがいるせいか、森にある動物の気配が極端に少ない。

ここが『別れ時』ってやつだ。

「う……」

後押しとばかりに監査役の村人がうめき声を上げた。

監査の人は……もしかしたらドゥブル爺さんを連れて逃げていたのか、幾分か怪我の具合が軽かったのだ。

そろそろ起きそうな気配がある。

たぶん、監査の人は起こそうと思えば起こせる……と思う。

ターニャもそれが分かっているからこそ、『ここまで』だと言ってくれているのだろう。

しかし――


……き、気まずい……！

そろそろと蔓を体に纏い、魔物化を静かに行う。

その間も、ターニャはジト目でこちらを見続けている。

…………もう、行っていいんだろうか？

「……これが終わったら」

「へぃッ！」

別れるタイミングを窺っていたらターニャから声を掛けられた。

変な声出ちゃったよ……。

気恥ずかしくなる俺を余所にターニャが続ける。

「……たくさんお喋り……しよう」

……なんだそんなことか。

「いつもしてるじゃん」

「そう…………そうだった」

珍しく――――本当に珍しいことに、ターニャが笑顔を見せてくれた。

……………ああ、そんな顔が出来るんなら最初からしてくれりゃいいのに……。

ターニャの笑顔は――――確かに女の子だと感じることが出来るそれで……。

何故か逃げるように、咄嗟に関係のないことが口を衝《つ》く。

「あ、角材」

「……いい。…………後で返して」

「ああ……そういうのかな？　なら約束しましょう、『必ず返す』……ってね」

「……返さなきゃひどい」

ハハハハ、『返さないなんて酷い』を言い間違えてるよ、ターニャ。

再びジト目へと戻った怪物の視線から逃げるように、俺は森への一歩を勇ましくも刻んだ。

◇
「一人だな……」

呟きを零したのは発奮するためか、それとも感じなくなって久しい『寂しさ』を感じたからか。

思えば異世界に迷い込んでからというもの、一人きりになったことなんて無かった……。

かなりの人数を察知できたので、恐らくはこれが賊だと当たりを付けて、その進路上に身を潜め
ている。

「なんだかんだで……この村だからスローライフしたい、ってのはあるよな」

誰も彼もが世話焼きで善人、そんな理想郷で行う骨休めのような日々。

うるさくて煩わしい幼馴染達と一緒に、面倒で騒がしい毎日を送る――

悪くなかった。

「それだけで良かったんだけどなぁ……」

なんでこんな襲撃イベントをこなさなければならないのか？

軽口で緊張を誤魔化しながらも、神経を尖らせていく。

魔法で強化された五感が何者かの接近を教えてくれる。

隠すことのない足音にダミ声。

数人なんて規模じゃ利かない数が揃っている。

…………殺されるよなぁ。

確かに身体能力は上げられるけど、今のままでは数人の相手が精々だろう。

奇襲して人数を減らせるのも初撃だけ、後はどうしても警戒されるうえに経験は向こうの方が上なのだ。

……いずれは捕まると思う。

ならば今だけの優位を活かして強い魔法をぶち込めばいい……その方がよっぽど安全さ。

理性ではそうだと分かっていても感情がそれを否定する。

あー……どっちだろうと怖い。

なんで俺が⁉　と叫び出したい。

ターニャから借りた角材を額にコツコツと当てて気持ちを落ち着かせる。

血液が流れる音が耳に煩く、突発的な頭痛から眉間に皺が寄る。

一方的に殺すか、抵抗のうえで捕まり已《や》む無く殺すか――

どちらにしても同じ結末が待っている。

ちなみに負けるという選択肢は無い。

――殺《負》され《け》てやる《る》つもりは、無い。
・・・・
今のままならそうなる確率が高いだろう……。

しかし俺には奥の手が残されている。

肉体を強化する魔法。

これの倍率を上げることだ。

実は肉体に作用させていた魔法は二つある。

仮に身体能力強化と肉体強化とでも呼ぼうか。

どちらも運動能力や身体機能を強化する魔法なので纏めて強化魔法と呼んでいるが……その実、内容はまるで違うものだ。

身体能力強化の方は、文字通り身体能力が倍々で上がっていく。

主に反射神経や動体視力なんかの物理的に存在していない体の機能が上がるようで……力は出せるのだが、筋肉自体は強くなっていないのか上手くコントロール出来ず体が壊れる魔法だ。

本当なら知覚出来ないような高速戦闘も、この魔法を使えば認識出来るので、本来の用途はそういったものなのかもしれない。

肉体強化の方は、こちらも文字通り肉体が倍々で強くなっていく。

こちらの魔法は筋肉や皮膚なんかの物理的に存在する肉体の各部位が強化されるようで……体は硬くなるのだが、その分感覚も鈍くなり、手加減や意識した力加減などが酷く難しくなる――力を持て余す魔法だ。

痛覚すら鈍くなるので、本来なら受け切れないような衝撃を、恐怖心を軽減して受け止めるといった用途になら活用出来るかもしれない。

それぞれが一長一短のある、同じ系統の魔法。

これを同時に使用したことで、ある発見が出来た。

この強化魔法を二つ同時に同じ倍率で掛けることで、掛けた倍率の分が更に掛けられてしまうといった発見だ。

倍率を二倍にしたことにより発見出来た事実だ。

身体能力強化を二倍、肉体強化を二倍、これを同時に使用すると能力値は四倍に達した。

ここまでならそこまで驚くことじゃない。

どちらの強化魔法も単体発動でなら四倍まで引き上げることが可能なのだから。

しかしこの両魔法の倍率を三倍にすることで、まるで時間が静止したようにも感じられるという発見があった。

五倍以上だとそうなるのか、九倍に達したからそうなったのかは分からない。

だが明らかに限界を飛び越えた強化をされている。

よくよく見るとゆっくりと動いているのだが、大した差異は無いように思う。

問題は――――その空間で俺だけ自由に動ける、ということで……。

ハッキリ言って反則だろう。

これだけで充分なチート《ズル》だと言える。

しかしリターンにはリスクが付き物だ。

まず一つ、魔力の消費量が半端なくデカい。

たとえ強化値が九倍であったとしても、単純な消費量はその十倍……つまり通常の強化魔法の九十倍近いものになる。

ボッタクリである。

この魔法の嫌なところは、片方の強化魔法だけ三倍にしても九倍の出力が出せないところにある。

勿論、三倍と二倍で六倍になるということもない。

普通に三倍の出力しか認められなかった。

しかも魔力はきっちり五十倍の消費量があるという……。

魔力の効率的に考えれば、単体の強化魔法を二倍で使用するのが最も望ましい形になるだろう。

デメリットはもう一つある。

やたらと自信に溢れてしまう。

これは精神が高揚しているからなのか、それとも別になんらかの作用があるからなのかは分からない。

ただただ謎の全能感がある。

悪いわけじゃないとは思うんだが……使用が戦闘中なら好戦的になってしまうことも実証されてしまったので……出来れば人間相手には使いたくない。

絶対に酷いことになる。

………なるべくは二倍で済ませたいと思ってしまう……。

自身の幼さを思い溜め息を吐く。

「………そうも言ってられないよな」

この体は、まだ五歳なのだ。

……いや、下手すれば記憶があるってだけで、その精神すらも――

葛藤する時間は残されていなかった。

近付いてくる人の気配に固唾を呑み――覚悟を決めた。

行こう。

震えそうになる膝に活を入れて、近付いてくる足音を迎え討つために、木の上へと隠れた。

◇

一、二………たくさん……たくさんだ。
たくさんいるなぁ……。

見えてきた賊共の数は俺の予想を超えていた。

数えてみたところ四十はいそうな気配。

整然と行進しているわけではなく、中には酔っ払ったような足取りの奴もいるので、非常に数えにくい。

だからたくさん……もうたくさん。

虚ろな目で今日の昼ご飯に思いを馳せていると、先頭を歩いていた見覚えのある斧持ち――

あの毛玉野郎が足を止めた。

周りを確認するような仕草にドキッとする。

……………なんだ？　まさか戦士特有の『気配を感じる』とやらじゃないだろうな？　おい！　そんなのオカルト染みてんぞ⁉　やめとけやめとけ！　もっと現実的に生きてくれ⁉

落ち着こう。

まだ見つかったと決まったわけじゃない。

自分で自分にツッコミを入れて冷静さを保つ。

いつでも飛び出せるように足に力を込めていると、何かに納得したように頷く毛玉野郎がいた。

……行くべきか？

決断を迷っているうちに、毛玉野郎の方が先に動いた。

奴は振り向いて声を上げた。

「ここで休憩するぞ！　今のうちに出すもん出しとけよ！　ウェーバー！　テメェは食いもんを出せ！」

「おうさ」

毛玉野郎の陰に隠れていて見えなかったスキンヘッドが、その背中から出てきてズタ袋を開いた。

どうやら気付かれたわけではないようだと、詰めていた息を吐き出す。

…………紛らわしいんだよ⁉

緊張から掻いた汗が服に染み込んでいく。

――――作戦……作戦が必要だ。

……想像以上の人数に心が少し挫けそう。

これはもう盗賊共と呼ぶよりも盗賊団と言うべき規模だろう。

一雨来そうな空具合のおかげで、こちらが見つかる気配が無さそうなことが唯一の幸運《すくい》か。

……もう、ここから魔法ぶち込もうよ……皆鎧とか着けてるから生き残れるって……。

現実味を帯びてきた折衷案に気をとられたため、目にした事実に気付くのが少し遅れた。

……あれ？　おかしいな？

そう、おかしい。

あいつら……賊、なんだよな？　なのに……。

なのに――なんであんな良さそうな鎧とか着けてんの？


……そうだ、そうなんだよ。

場末の盗賊と言えば精々、奪った革鎧程度が身の丈にあった代物だろう。

しかし確実に、十人程度が金属製の鎧を身に着けている。

しかも鎧無しが一人もいないという……。

武器を持っているのは……まあイメージ通りなんだけど……値打ち物の鎧なんて遊ぶ金欲しさに消えそうなものを――

なんでだろう？

……盗賊なんて見るの初めてだからなぁ……意外と堅実なところがあるのかもしれない。

実は危険にシビアとかさ……。

……いや堅実なら真面目に冒険者とかやっててくれねえ？　マジでぇ⁉

難易度が上がってしまった。

あの金属鎧に強化したターニャ材《角材》が通用するのかどうか分からない。

ややもすると乱れそうになる精神を落ち着かせながら、トイレに離れる奴から始末《畳んで》していこう《しまおう》と心に決めた。

しかし毛玉野郎が再び叫んだことで、事態は急変する。

「チーイル！　二、三人連れて、一応街道を見張ってこい。ウェーバー！　テメェは見張りの奴ら呼んでこい。もう必要ねぇだろ」

「ラぁ」

「うす」

人ゴミの中にいたカエル《チーイル》面と、毛玉野郎と一緒に食事していたスキンヘッドが立ち上がった。

村に来た冒険者四人のうちの二人だ。

それぞれ近くにいる他の賊に声を掛けて命令をこなそうと動き出す。

――マズい。

見張りを呼びに行けと言われた奴は、一人で行くようなので行動が早い。

瞬く間にこちらへと――見張りが待っている場所へと走り出した。

そこには怪我をした四人とターニャがいる――

考えている時間は無かった。

――――行かせるわけ、ねぇだろ！

ウェーバーと呼ばれたスキンヘッドが眼下を通り過ぎようとした瞬間――――襲い掛かった。

角材を、晒していた脳天に一撃。

それで相手の意識を飛ばした。

今日が晴れてたんなら目でも眩んでいたかもしれない頭髪だけど……曇ってるんだから面倒でも兜とかしてた方がいいよ？

勉強になったね？

「……は？」

加減が上手く行き過ぎたのか、白目を剥くというだけの結果に留まったスキンヘッドの関節を、念のため魔物よろしく破壊する。

魔物だと強く印象付けようという思惑と、もし起きてきたらという心配が合わさってのものだったが……あんまり良い気分じゃない。

こいつも金属製の鎧装備だったので、幹部の一人だろうか？

面倒な金属鎧を一人戦闘不能に出来たのは僥倖だろう。

そう思おう。

しかしこれで奇襲が出来なくなったのは……間違いなさそうである。

驚いた様子でこちらを見ている毛玉野郎。

その手には既に大きな斧が握られていた。

誰も彼もが食事片手に驚きを示しているというのに……油断ならない奴め。

「ヴァイン・クリーチャー……だと？」

顔に傷痕の残る冒険者モドキが呟いた。

ギリギリ視界の収まる所に居るというのに、その呟きは静まり返るこの場によく響いた。

毛玉野郎が傷顔の呟きを拾う。

「知ってんのか、トーラス？」

知っているのかトーラス？　ていうか現存する《本当にいる》の!?　こういう奴！

傷顔の冷徹な眼差しが俺に刺さる。

「ああ……実験的な…………いや、植物系の魔物だ」

「魔物だぁ？」

ああ、まあね。

ご待望だそうだからわざわざ会いに来たよ？

驚きと困惑で固まっている賊共に、ゆるゆると片手を突きつけた。

戦闘開始だ。

さあ喰らえ。

混乱が収まらぬ盗賊団に、無数の蔓が襲い掛かった。

ニュルニュルと上下左右三百六十度、何処からともなく伸び始めた蔓に盗賊団の混乱が増す。

――――縛り上げろ！

「うわあああ⁉　ば、化け物だ！」

「この！　この！　……うん？　あぁ？」

あれ？　あれれ？

かなりの広範囲から突如出現した蔓に動揺も露わに対処する盗賊団だったが、慌てていたのは最初だけだったようで……。

各員が持っている武器で近付く蔓を攻撃する間に冷静さを取り戻していった。

何故か？

「落ち着け！　そんなに速くないうえに――――斬れる！」

そう。

…………そうなんだよ。

蔓の伸びる速度は、確かに植物としては異常なほどに速いのだが……攻撃速度としては見る影もない。

咄嗟の攻撃で斬られてしまう程度。

強度も素手ならともかく刃物には勝てないようで……。

念入りに生やした毛玉野郎の周りの蔓が、証明せんとばかりに片手で振るわれた斧の一閃で根刮ぎ持っていかれる。

その毛玉の如き顔面が得意気に歪む。

「へっ！　見掛け倒しかよ」

うううるせえ!?　うるせえうるせえ！　その通りですけど何かあ!?

初手をミスった……！

結局捕まえたのは気絶しているスキンヘッドだけだった。

油断から捕らえられた奴も中には居たけど……近くの仲間から直ぐに解放されるという悪循環。

ヴィジュアルに凝って魔法の選択を間違えたかな？

……………し、仕方ないだろ、戦闘素人なんだから!?

「トーラス！　もしかして村の奴らが言ってた森に出た魔物ってのはこいつのことかぁ？」

「…………どうかな」

「こいつだろ！　ならデカい竜巻を生むって話も……」

「いや、こいつの能力は植物系で……少なくとも風を操る能力を持っているというのは聞いたことがない」

「なんだぁ？　…………別の奴かよ。魔物同士で食い合いでもあったか？」

「有り得るな」

魔物《俺》が会話を理解する知性が無いとでも思われているのか、目の前で堂々と会話する毛玉に傷顔。

特に傷顔。

あいつが知恵袋っぽいな？

周りへの指示といい持っている知識といい、厄介そうだ。

しかし近付いてくる蔓に淡々と短剣を振るう様は、今一つ強さのインパクトに欠ける。

四人の偽冒険者の一人なのだが……印象が薄い感じだ。

恐い顔は恐い顔なんだけど……。

「オラァ!!」

少なくとも目の前の毛玉野郎よりか実力が下なのは間違いなさそうである。

毛玉野郎が放った再びの一閃は、最初の一撃よりも余裕があるように見えた。

あの巨大な斧を片手で、しかも軽々と扱いやがる……。

態度や言動からしても、こいつが首領で間違いなさそうだ。

なら毛玉《こいつ》をやろう。

頭を潰す、それが最善――

――という判断すら遅かったようで。

瞬く間に毛玉野郎に近付かれた。

「ふっ！」

「……ぃ!?」

一息に詰められた距離に驚いて大きく飛び退いてしまう。

しかしその判断が正しかったのは鼻先を横切っていった巨大な斧からも知れる――

あっぶ!?

「――弓ぃ！」

スキンヘッドの拘束を片手間に解きながら、毛玉が三度吼える。

そして飛んでくる矢の雨。

距離を空けてしまったがために、そこに同士討ちという恐れがない。

半数が弓持ちだったので予想はしていたが、こうもこちらが嫌がることを重ねてくるかね⁉

経験の差が如実に出ている。

魔法の選択も『捕まえてしまいたい』――という気持ちが先走ってしまった結果なのかもしれない。

こっちは態勢も心の準備も出来てないってのになあ⁉

仕方なく切り札を切る。

己の感覚が加速して周囲の時間を置き去りにする。

――良かった。

そう思えたのは矢の雨に間に合ったからではない。

いち早く到達したクロスボウの矢《ボルト》が眼前に迫っていたからだ。

まさかの緩急。

視界の端に居た傷顔の男が、さり気なく放ったようだった。

……なんか練度が高くないか？　本物の賊ってそういうもんなのか？

強制的な冷静さが考える余裕を与えてくれる。

こいつらは何かがおかしい。

ただの賊…………じゃないのか？

『――――歩き方』


脳裏にターニャの発言が過ぎる。

ターニャは歩き方に嘘があると言っていた。

それをどこで知った？　なんで嘘だと分かった？

ターニャ自身を疑っているわけではない。

しかしそれが物事の本質を突いている気がしてならない。

冒険者だが、冒険者じゃない、入り交じっている、賊……。

考えが纏まる前に、ノイズのような――――他の違和感が邪魔をする。

賊共ではない。

この静止した世界で動けるのは、唯一俺だけ。

つまり違和感の正体も――――俺だ。

僅か……本当に僅かなものだが、気怠さのようなものを感じた。

……この切迫した状況で？　これだけの危険を前に？　――――死にかけてんのに？

なんだ？　何を見逃した？

精神が疲弊したのか？　全能感に酔っているのか？　魔力の残量？　体力が追い付いていない？

全部『否』だと言い切れる。

高揚と冷静さを感じとれる、全能感はあるが疑問の方が強い、魔力はまだ半分以上残っている、疲れてもいない――

しかし直感とも言うべき感覚が早期の決着を望んでいた。

モタモタするな！　と叫んでいる。

――余裕はある筈……魔力の減りは早いが心配するほどではない、この速度に付いていける賊なんていやしない。

もしや……この侮りが気怠さを生んでいるのだろうか？

だとしたら――気を引き締めなくてはならない。

直感に従って前に出た。

そこには――斧を肩に担ぐ、巨漢の髭達磨が立っている。

魔力の残量からしても一人ならともかく、四十人を相手取るのは現実的ではない《ギリギリになるだろう》。

こいつを仕留めてしまおう。

こいつ以外なら二倍でも相手取れるという計算の上での考えだ。

そしたら温存しながらやっていける。

まだ何が起こるか分からないのだから。

矢の雨を掻い潜りながら考えが纏まった。

幸いにして『木』属性の魔法で足止めが出来ている。

取り零さずに、こいつらを捕まえなくては……。

村の周りを寝床にされたら堪らないからな。

念には念を入れて、髭達磨の後ろに回ってから魔法の倍率を下げた。

こいつにとったら突然相手が消えたように見えた筈だ。

背後から跳び上がりながら頭に一撃。

これでこいつには決着が着く――――そう思っていた。

◇

頭に届くように跳び上がって、横殴りの一撃を放った。

バットのスイングのような。

無強化なのだ、手を抜くつもりはない。

特にこいつは頑丈そうなので、そこまで手を抜かなくてもいいだろう。

さすがに三倍で殴ったら木っ端微塵になりそうな気配だったので――――節約を含めて魔法のグレードを下げてから挑んだ。

気持ちは、既に次の相手を見定める段階へと移っていた。

――――油断だったのだろう。

木っ端微塵になった角材がそれを教えてくれる。

――――硬い⁉　なんだこれ⁉

強かに叩いた頭部は、俺の予想を越えた硬さを示した。

返ってきた手応えは俺の手を痺れさせた。

……っの、野郎！

威勢の良さとは裏腹に次の反応が遅れる。

その間を突くように――瞬く間に振り返った毛玉野郎が裏拳を捩じ込んできた。

跳び上がっていたことで避けられない。

こいつにとったら次の瞬間に敵が消えて、頭に強い衝撃を受けた筈なのに……⁉

なのに、この対応力、即応性。

重さのある斧じゃなく速度の乗る拳を使うあたり、こいつがどれだけの場数を踏んできたのかが分かる。

くっそ、甘く見た！

――だから！　この痛みは仕方ないっ！

角材を振り切って体勢を崩した俺の脇腹に、鈍い衝撃が走る。

蔓で幾分か衝撃が拡散されているが、痺れを全身に広げるには充分な威力があった。

脳天を突き抜ける痛みと、体の中に響く鈍い音が、ベトついた汗を生む。

来ると分かっていたから耐えられた。

しかし咄嗟に折れた角材を毛玉野郎の腕に刺せたのは、勇ましさからというより脅威を排除したいという怯えからだろう。

なにせ悪手なのだから。

本来なら殴り飛ばされるという結果に終わっていてもおかしくなかったところ。

しかし毛玉野郎の腕に角材を刺して踏み留まってしまった。

ダメージに鈍るだろうという考えは、俺の幼さを表している。

間髪入れず《鈍ることなく》――今度は斧が降ってきた。

咄嗟に引き抜こうとした角材が抜けず、一瞬の躊躇を生む。

強制的に合わされた視線は酷く冷たく――見たことがないのに、これが『人殺し』の目なんだと強く感じさせられた。

「あ――」

――――さん！

「――ああああああああ！」

――――ばい!!

冷静さなんて無かった。

迫りくる『死』にただただ恐怖だけがあった。

角材を握り潰して拳を作り、目の前まで迫った斧を横から殴り砕いた。

「ああああ！！！」

計算なんて無く、目の前の腕を砕き、足を砕き、鎧の隙間を狙うという考えすら浮かばずに、真正面から毛玉野郎を殴りつけた。

バラバラに砕ける鎧と共に、やけにスローモーションで飛んで行く巨体を確認したところで

――――意識を……いや理性を、取り戻した。

「ハッ、ハッ、ハッ……」

息が荒くなり、ただただ呼吸を繰り返した。

強制的に収められる波のような精神に、反抗するかのごとく意識が泡立つ。


――――頭痛が襲ってきたのは、そんな時だった。


もはや気のせいではなく気怠い。

間違いない、何か変調をきたしている……！

しかし考え込むのは後だ。

急かされる気持ちのままに残りの賊共も殴り飛ばして気絶させていく。

装備の上から殴れば、ある程度の加減でも大怪我で済み、動きが止まれば蔓での拘束が容易だ。

頭痛が慎重さを奪っていた。

ジリジリと無敵時間を支える残存魔力が減っていく。

急速に無くなる魔力は、焦りと共に――――吐き気まで運んできた。

――――魔力？　まさか……魔力なのか？

三十人は殴ったと思う。

咄嗟に倍率を下げて――――未だ空中にあった毛玉野郎が飛んで行く。

音が、臭いが――――感覚が、戻ってくる。

頭痛は既に絶え間ないものになっていた。

酷い船酔いのような症状もある。

そして――――酷く億劫だ。

魔力の減少がこれらを起こしている筈がない……とは思う。

それを経験により俺は知っていた。

そんなバカなわけがない。

今まで、魔力切れなんて幾度となく経験してきているのだから。

しかし裏付けされた経験とは別に、直感はそれが正しいと告げている。

いいや原因は明らかだ。

賊はあと十人程度、残存魔力は三割無い……。

矢を避けた辺りから魔力を三割以上使っている。

今まで、体の中に使用した魔法には痕跡が見られなかったというのに……蔓の隙間から立ち昇る紫のオーロラが、それが間違いだったと教えてくれている。

しかし――――十人だ。

残すところ十人……。

金属鎧の奴らは優先的に処理したのでもういない。

……無理をすればなんとかなりそうじゃないか？

直ぐそこにあるゴールが思考を短絡的にする。

眠い、吐きたい、疲れた、帰りたい、気持ち悪い、早く楽になりたい――

魔力の減少が不調へと結び付いているにも拘らず、未だに『木』属性の魔法も使っていることを忘れて自己強化を発動しようと――


いてっ。


――鋭い痛みが、手の平を走った。

手の平も蔓で覆っている……だとしたら、この痛みはなんなのだろうか？

手を開くと、蔓の隙間から痛みの正体が零れ落ちる。

――角材の破片だった。

強化の威力を下げたことで、握り締めた木の欠片に僅かな痛みを感じたのだろう。

咄嗟に浮かぶ、無感情な瞳。

――ここに居たら、またジト目で見られるんだろうな………。

最悪の体調で、最悪の状況なのに――そのことが妙におかしかった。

ズキンズキンと断続的に襲い来る脇腹の痛みに、そういえば一撃貰っていたなと思い出す。

不快感に眉を寄せれば――額から流れ落ちた血が目に入る。

………ああ、あの斧、当たってたのか……。

ふふふ……はは、なんだ俺……すっげー満身創痍《ピンチ》じゃん。

全然関係がないのに、何故か入社一ヶ月目の残業時間のことを思い出していた。

「このっ！　クソ化け物が！」

「囲むラ！　お頭の一撃で参ってるラ！　歩き方がおかしいラ！」

「そもそも歩いてんのかよ⁉　消えたり出たりしてんだぞ⁉」

文句を言いつつも連携を取り始める盗賊団に、意外と息が合ってんだなぁ……などと、どこか場違いな感想が浮かぶ。

襲い来る蔓を切り飛ばす奴らと、俺の討伐をする奴らの二手に分かれたようだ。

未だに盗賊団を捕えようとする蔓は、しかし俺の魔力も削っている。

短期決戦は望むところだ。

「掛かれ！」

応ともさ。

カエル面を正面に、八人が襲い掛かってくる。

背後から飛び掛かってきた四人を、肉の壁で足止めする。

「――こいつ⁉　捕まった奴を盾に！」

「根元だ！　蔓を斬れ！　切れば止まる！」

織り込み済みだぜ。

僅かに稼いだ時間で前に出る。

正面にはカエル面だ。

「上等ラ！」

こんなのが上等なもんかよ。

掬い上げるようにナイフでの突きを放ってきたカエル面の目の前にライター程度の火を生み出す。

怯むのは一瞬。

しかしその一瞬で充分だ。

足元から新たに生み出した蔓を四方へと伸ばす。

他の三人は対応出来たが、怯んでいたカエル面の動作が遅れる。

足を絡め取られ僅かに動きを止めたカエル面を、蔓に拾わせた剣の面で殴る。

「……がっ⁉」

エノクとマッシの弟子入りを断ってくれてありがとよ。

オマケとばかりにもう一発。

剣を鈍器のように使いカエル面を気絶させる。

白目を剥いて倒れるカエル面を蔓が縛り上げていく。

「野郎！」

蔓を切り飛ばし終えた三人が同時に襲ってきた。

肉の盾組の方も対応が終わる頃だろう。

その三人のうちの一人と剣を斬り合わせる。

斬り結ぶような形で動きを止められると、相手は得意気な様子で笑みを浮かべた。

「へへ、おい！」

「ああ！」

今のうちだとばかりに残りの二人が俺の背後へ回る。

しかし背後から迫る剣には目もくれず、力の限り目の前の男の腹を蹴り飛ばした。

「ぐっ⁉」

前のめりに倒れる男の後頭部に一撃――――背後からの攻撃は無い。

……あと二人。

「ああ⁉　なんだこれ？」

「蔓が絡まって……⁉」

そうさ？　なんだよ、自然の植物とでも思ってたのか？

切り飛ばせば無害と思われていた蔓の残骸が、ヘビのように残る二人に絡み付いていた。

拘束するほどではないのだが、動きにくさと気持ち悪さと驚きで、足を止めることに成功していた。

それは魔法で生み出した物なんだから、切ろうが払おうが操れるに決まってんだろ？

コントロールが面倒で、長い時間は無理だけどな。

相手が蔓を解くのに梃子摺《てこず》っているうちに殴り掛かった。

「ぎゃ⁉」

側頭部に一撃、これで一人。

返す刀でもう一人。
「っつ！　……っの！」
「………っがぁ!?」
するとお返しとばかりに腹に蹴りを受けた。
一撃が甘かったのか、返す刀を入れた奴が殴られながらも蹴りを放ってきたのだ。
脇腹の傷と連鎖して脳天へ痛みが突き抜けていく。
噴き出る脂汗が、体が限界だと告げてくる。
「もらった！」
蔓の効力が無くなり、自由になった剣を振りかぶるキック野郎。
――ナメんなよ！
降ってくる剣を――剣で弾き飛ばして、驚くキック野郎の顔面に素手の一撃を入れた。
身体能力強化――三倍。
ただし肉体強化無し。
――いっっってぇ…………!?
想像以上に体への反動が強い。
振り切った腕がプルプルと震える。
もんどり打って転がるキック野郎が蔓に拘束されていく。
……これで、あと……四人。

いや、外蔓対策班も二人いたから…………六人か？
しかしおかげさまで魔力の節約は出来ている。
このペースなら一割は下回らないだろう。
切り札を温存しながら戦える。
冷静に戦況を纏めながら、一息付けることに疑問を覚えた。
………あれ、どうした？　どうして来ないんだ？
「あ……うぁ」
「お、おい！　どうする？」
「どうするって……や、やるしかねぇよ！　でもよぉ……」
………ああ、そうか。
士気が、下がってるのか。
人数も七分の一以下になったうえに、主要メンバーがやられてるもんなぁ。
実はこっちもボロボロだけど、傍目には元気そうに見えるだろうし……。
残りの幹部候補をやったら……自壊してくれるか？
スキンヘッド、毛玉野郎、カエル面、ここらが中心メンバーだったのだろう。
なら残すところは――
木々の合間から伸びてくる蔓に対抗していた賊共の方へと目を向ける。
ここで余計な入れ知恵を発揮される前に、あの傷顔の男も倒してしまおう。

しかし――――そこには蔓に巻き付かれた賊がいるばかりだった。

……なんだ、あれ？　あと一人は何処だ？

正直、蔓の対応は二人以上いるのなら容易なもので、油断していたとしても、もう一人が刃物を持っているのなら捕まることは――――

「がっ⁉」

「ぎゃあ⁉」

残りの賊共が倒れていく。

肩から矢を生やして。

指先を震わせながら傷口をどうにかしようとしているが、そんな隙を蔓が与えてくれる筈もなく、瞬く間に蓑虫《みのむし》のように成り果てる。

――――はい？

痛みと気持ち悪さに濁った頭から速い回転が生まれるわけもなく、ただただ矢が飛んで来た方を見つめるに留まった。

傷顔だ。

傷顔がいる。

誰もが傷を負い倒れ伏す中で一人、無傷のまま、凪いだ湖面のような表情で、疲れた様子もなく、弓を手にして立っている。

――――毛玉野郎の直ぐそばに。

ここでの毛玉野郎復活は絶対にマズい。

敵の中で唯一、両強化魔法の三倍が必要な奴なのだ。

本来なら立ち上がることも出来ない重傷で、心配することすら意味がないのかもしれない。

――しかし異世界。

回復魔法なんてものが存在している。

もしくは俺の知らない『ファンタジー《ふざけんな!》』が存在するかもしれない。

でなきゃ、なんで味方を攻撃しているのかの説明がつかない。

毛玉野郎は重傷だ。

腕は折れ、足は折れ、ボロボロに壊れた鎧の残骸をへばりつけ、野球ボールのような飛び方で木にぶつかったのだから。

生きているのが不思議なぐらいだろう。

しかしその生存の確かさは、大きく上下する胸からも判別が出来た。

ただもう動くことはあるまいと放置を決め込んでいた。

蔓で縛ることもない、と。

とことん裏目に出る。

しかも、この包囲網の唯一の穴が、傷顔が立っている方向に空いている。

――まずは蔓を、いや遅いか？　強化で？　先に距離を、いや魔法を……。

納得と混乱が判断の遅れを生んでしまう。

その僅かな時間が――――傷顔の次の行動を許した。
傷顔の男は弓を剣に持ち替えて――――――毛玉野郎を突き刺した。

「………………………は？」

………………なにして……？

「……やはりな」

毛玉野郎の上下していた胸が動きを止める。

しかし傷顔の男はそれを一顧だにすることなく、観察するような目で――――恐ろしく冷たく無機質な瞳で、俺を見ていた。

俺だけを見ていた。

心配は無意味なものとなった。

重傷者から死者へと変えられた毛玉野郎が、俺の心を捉えて離さない。

恐らくは、この騒動での初めての死者だろう。

ドゥブル爺さんでも、監査役だった村人でも、エノクやマッシでもなく…………。

混乱と動揺、気怠さと気持ち悪さ、体の外の痛みと内の痛みが――――堰《せき》を切ったように襲い掛かってきた。

何かの糸が切れた――――そんな気分だった。

間の抜けたような《動くことの出来ない》一瞬に、傷顔の男は踵を返して森へと駆けていった。

――――北東へと。

そっちには。

ター――――

気付いたら走り出していた。

既にガンガンと響くまでになった頭痛を、歯を食いしばって耐える。

魔力は二割を割った。

直感に間違いはないようだ。

肉体強化を掛けずに身体能力強化だけで走る――――しかし追い付けない。

――速ぇ⁉　純粋に森の歩き方で負けてんな⁉

速さでなく上手さで追い付けない。

切れやすい葉や伸びた枝が体へと当たるのにも構わずに追いかける。

ある程度は蔓が防いでくれていた。

最高かよ『木』属性。

「ハッ……ハァ……！」

肉体強化で体力を補っていたのに、息が上がるようになった。

このままではマズい。

……離されてるぞ！

追い掛けられていると分かっているのだろう、チラリと振り返った傷顔の――――酷薄な瞳と目が合った。

毛玉野郎にもあった冷たさだ。

傷顔の手にした剣から毛玉野郎の血が滴る。

森が血で汚れていく。

――傷顔がターニャに追い付いたらどうなる？

想像は容易についた。

命を奪った兇刃が幼馴染に向けられるのだ――


――させる、わけがない。


熾き火のように体に残る魔力に命令を与えた。

理不尽《魔法》が身の内に宿る。

今の今まで悲鳴を上げていた体が、嘘のように訴え掛けてくる。

――何をする？　何でも出来る、と。

再び静止した時間の中に潜り込んで、凶敵との距離を詰めた。

頭痛は既に引き攣るような痛みになっていた。

『もう休め』と理性が訴えている。

後は無い。

速攻で――決め、なければ！

すれ違い様に一撃。

後ろから後頭部をぶん殴った！

決着は――つかなかった。

この静止した時間の中で、スローモーションのような速度で動いていたことにも驚嘆に値するが
――こちらの一撃を受け切ったことに比べればその驚きも小さい。

確かな反動が拳が潰れたと教えてくれる。

拳の痛みが、殴り掛かった夢《じゃない》ことを証明している。

……だからってなあ！

魔法を解いたのは――奴の進路を塞いでからだった。

行かせるわけにはいかなかった。

………効いてないのか？

渾身の一撃を後ろから叩きつけた筈なのに、身じろぎ一つしていない。

痛みもなかったのか、平然とした顔だ。

随分と対照的ですね……。

痛みと疲れでうごうごと動く蔓の塊を前に、未だ冷静さを保っている傷顔が呟く。

「……素晴らしいな」

何がだよ？

首を傾げるような動作をしてしまったせいか、傷顔の言葉が続く。

「――やはり知性があるな？　しかもある程度は喋れるようだ……」

…………え、まあ？　人間ですから？

「しかし幼生体か……惜しいな」

あれ？　バレたのかなって思ってたんだけど、これまだ魔物だと思われてるね？

まあ、どっちでもいいか……。

魔力は、残り一割……も無い。

……いけるかな？

次の一手に迷う俺を余所に、傷顔が懐から欠けた十字架を取り出して驚いている。

「アミュレットも潰したか…………益々惜しいな」

アミュレット？　潰した？　…………ダメだ、何言ってるかわかんね。

「しかし作戦は終了した。これより帰還する。――邪魔をするな」

お前らが俺のスローライフの邪魔してんだよ！

ただで帰すと思ってんのか？

粋がるチンピラのような心持ちで、なんとか心を奮い立たせようとしているのだが……怠さが段々と増していく。

緊迫した状況だというのに――ちょっと眠りたいような気さえする。

明らかにおかしい。

このまま倒れてしまいたい、という誘惑に抗って体を揺すっていると、傷顔の男が再び懐へと手を入れた。

この冷静さに腹が立つ。

……絶対に倒す。

「『火』を使うということは……『火』に耐性があるな。『木』の弱点を消そうと掛け合わせたか……。好都合だ。お前は無事に済むかもしれん。が、しかし――縄張りは無事じゃ済まないぞ？」

……なに言ってんだ？

したり顔の説明を、距離を測られているとも知らずに聞き入ってしまった。

戦闘経験の差というものは意外に大きいのだと――後々になって反省することになる。

常に後手。

故に――相手のペースで物事が進む。

殴ると決めた時に殴れば良かったのだ。

傷顔の男は懐から取り出した袋から、何かをバラ撒いた。

無造作に。

絶妙のタイミングで。

それはキラキラと紅く――――

「必死で消すといい」

森の一角から爆炎が上がった。

◇

少しばかりの肌寒さを感じるようになってきた。

収穫を終えた畑の中で一人、抜けるような青空を見上げている。

……今日もいい天気だな、ちくしょう。

育てた豆の蔓を畑の中に放り捨てながら、収穫し残した豆がないかと見分を続ける。

畑の栄養だからと野菜の皮や植物の蔓なんかは割と畑に投げ捨てる習慣がある。

だからってゴミを捨てているわけじゃないのだが……。

微妙に『いいの？』って思うよね？

これってこの世界だけの常識？　あっちでも割とそうだったりする？

分からない……そして比べることは出来ない。

石灰を撒いたり腐葉土がどうのという知識は、全て土の魔晶石で解決出来るので、こういうことはあまり鵜呑みにしないほうがいいのかもしれない。

……まあ、元の世界に帰れたところで、農業をやる予定なんてないんだけどね。

中腰の作業をずっと続けるのは腰への負担が大きく、偶に立ち止まって背筋を伸ばすついでに空を見上げたりなんかしている。

秋晴れの空に雲は無く、今日一日の晴天を保証してくれているようだ。

雨が良かったなぁ。

あの日、助けてくれたように……今日もまた助けてくれないかなぁ、と空に願ってみる。

あの日、あの時。

ボロボロの体なのに爆炎を真正面から食らって、必死の回復魔法で立て直した後――――気付けば傷顔の男は消えていた。

さすがに俺を抜けて村へ行った様子は無かったが、死んだとも思えない。

爆炎を――『火』の魔晶石を投げた角度からして東へ向かったと思われる。

正確にはやや南寄りだろうか？

残っていた痕跡から予想は出来ても、事実は判然としなかった。

炎が奴の痕跡を焼いたからだ。

ギリースーツを解いて命からがら助かった俺はともかく、森に燃え移った火は勢いを増すばかりで、恐らくは残っていた火の魔晶石の力が働いたのだろう。

便利さも時々だ。

このままでは村に被害が及ぶと判断した俺は水魔法を使用した。

バケツ三倍分の水がバシャリってね。

まさに焼け石に水ってやつだね？

アホかと。

あの時ばかりは心底魔法が嫌いになったもんだ。

しかもその段階に至って、魔力の減少に伴う頭痛がひきつけを起こさせるほどになっていて、軽々とした魔法の使用を躊躇させたというのだからお察しである。

無駄な足掻きっぽいなとヒシヒシと感じたもんだ。

しかしここを越えねば解決はありえない！　――――と、覚悟を決めた時だった。

ポツリポツリと雨が降り出したのは。

直ぐにその激しさを増した雨が、瞬く間に火事を鎮火してしまったのだ。

助かった、という思いだけがあった。

傷顔の男の痕跡も完全に消えてしまったが、ただただ達成感ばかりがあって――――俺は脱力してしまっていた。

……当初の目的は終えたじゃないか、もう出来ることはない。

――――帰ろう。

そう考えたのは、熱でフニャフニャになった頭だったからなのか、経験したことのない緊張の連続でタガが緩んでしまっていたからなのかは分からない。

気付いた時には――――自宅の寝床で横になっていた。

両親が言うには、鼻血を出しながらドロドロの状態で家の近くに倒れていた、とのこと。

まあ怒られるよね？

しかし、なんでも出向してきた冒険者が賊だったとかで村は大騒動。

子供一人に構っている暇がなかったようで……。

割とお叱りは短く済んだ。

自分で言うのもなんだが、頭の傷や肋骨の異常は回復魔法でなんとかなったし、服はドロドロだったけど目立つような傷み方をしていなかったので、雨に足を取られて転んだとでも思われていたのだろう。

おかげさままで色々とバレた様子もなく、こうして再びスローライフを満喫出来ているわけで……。

うん。

まあ怒られるよね？

具体的には忘れてた幼馴染とかに。

割と、っていうか完全に放置していたターニャさん。

ターニャの方は俺と違って、渦中にあると言いますか……面倒なこと全部押し付けちゃったと言いますか……。

ターニャの手に角材が無くて良かったなぁ、と思うぐらいにはオコだった。

日頃からターナーの癇癪に付き合っていただけに、思い出した時は顔が青くなったっけな、ハハハ。

そんなターニャさんだったが……どうやら俺の秘密を守ってくれているようで。

事情聴取には、

「……分からない」

これを通している。

主にドゥブル爺さんや監査役の村人やエノクやマッシの傷が治ったことに対する質問だ。

第一発見者だと思われるターニャが色々と訊かれるのは仕方がないことだろう。

そりゃそうだ。

森には賊が蔓でグルグル巻きのまま放置され、ボロボロだったドゥブル爺さん達は癒やされるという変事。

誰がどう見ても『どうしてこうなった？』と思わずにはいられないだろう。

ほんと、どうしてこうなった？

賊共は、応援としてやって来た本物の冒険者によって拘束された。

領主様にも使いが走り、後日回収されたという顛末である。

本来なら盗賊団の壊滅という大仕事、追加の冒険者だけじゃ人手が足りないところなのだが……。

都合のいいことに、賊は親玉が死亡していて手下は全員が身動き出来ないというのだから「……楽な仕事だったな？」と冒険者の人達が漏らす程度には楽な仕事だったようで……。

問題はなんでこんな事態になっているのかということにある。

捕らえられた賊やターニャの話を纏めた結果、植物系の魔物が、賊を捕らえドゥブル爺さん達を治した、という結論に至った。

なんでも生きたまま栄養にするために、わざわざ獲物の傷を治す魔物もいるだとか。

怖い魔物もいたもんだなぁ。

森にいる魔物は――大きな竜巻や火柱を生み、蔓を手足のように操り、捕らえた獲物の傷を治し、なるべく生き長らえさせながら栄養を吸う――そんな化け物であるらしい。

困ったもんだ。

しばらくの間、冒険者が功名心と好奇心から森を探っていたのだが――魔物が見つかることは終ぞ無く、収穫祭の前には元の村の日常が戻ってきた。

心残りは傷顔の男。

トーラスと呼ばれていたあの男の冒険者としての名前は『アンバー』というらしく、ターニャが言っていた冒険者じゃない冒険者というのもこの男のことだった。

この男のパーティーは、既に全滅が確認されている。

街道沿いに捨てられていた遺体から、アンバーの冒険者パーティーのメンバーだという証拠が見つかっていた。
・・・・・・・・
アンバーは本人であるようなのだが……。

その本人証明とギルドからの本物の依頼書が村長達の目を欺《あざむ》くことに一役買う結果となってしまったらしい。

冒険者ギルドからは今回の件についての謝罪と賠償が行われているという。

まあ、そっちは割とどうでもいいよ。
・・・
関係のない俺としては、そんなことより傷顔の男の正体の方が気になった。

諸々の真実を掴めていそうなターニャさんに色々と訊きたいところ――――なのだが……。

……怒ってんだよなぁ、ターニャ。

もう凄まじい無視っぷりで、ケニアとアンから女性の扱い方に対して一言もらうという仰天の結果に至っていると言えば……俺の苦労も分かってくれるだろうか？

いやいや、知らないのは子供の扱いですから？　女性って言われても困りますから？

そんな事情を含めつつやって来た収穫祭。

出たくないなぁ、と思うのは自然な流れでして……。

「おーい！　レーーーン！」

そこにお迎えがあるのも自然な流れとでも言えばいいのかな？　え？

まだ午前中だよ、勘弁してよ……。

第22話

収穫祭というのは、一年の無事を祝うお祭りだ。

ハロウィンだよハロウィン。

時期的に見ても間違いない。

イタズラしてもお菓子を盗っても怒られるだろうけど。

冬籠りの前に、皆でパーッとやりましょう、というのが、このお祭りの目的だ。

村の畑でキャンプファイヤーをしながら飲み食いする、ってだけのお祭りである。

肩肘張るようなものでもない。

では何故こんなに憂鬱になっているのか。

そりゃもう決まってるでしょ？

激オコ中の誰かさんに、ずっと無言のまま見つめられるというスピリチュアルアタックを受け続けなければいけないからだよ……。

ターニャさんは俺を許してくれていない。

いや分かる、俺が悪いよ？

でも距離を取るわけでもなく、関わらないわけでもなく、だけど話し掛けると無言っていうのは、ね…………いや、くるわぁ。

想像以上に。

他の幼馴染の面々も、これは何かあったな？　と何くれとなくフォローしてくれているけど……

ターニャ様のお怒りは収まらず。

そろそろ胃に穴が空きそうなんですけど？

その雰囲気を気にしてないのはテトラぐらい。

いつもの三倍は癒やしてくれる。

天使だったのかな？　いや女神様かもしれん。

間違えて持って帰っちゃうところだったのは記憶に新しい出来事だ。

珍しくテッドが慌てていたので、兄妹仲は良好のようである。

そんなテッドが俺を連れてやってきたのは、村最大とも言える畑だ。

テッド家の畑だ。

いざとなったらここを削って建物を建てるらしいので、ぶっちゃけ管理が大変で損しているようにも思えるのだが、それは村で暮らさなければ分からないことだろう。

そんな畑でキョロキョロと挙動不審な隠れ三十歳児。

連れてきたテッドも苦笑いである。

じゃあなんで迎えに来たんだよ⁉　もう親と一緒でも良かったのに！　暗がりに消えちゃうような親と一緒でも！　やっぱ良くないわ！　ありがとうテッド！

落ち着けよとばかりに肩を叩くテッド。

「安心しろよ、今日は女とは別行動だから」

「テッド兄さん……」

好き。

「お、おう。いや、間違ってないんだけど……やめろよ、なんかすっげぇ気持ち悪ぃ」

ごめんな？　お前のこと気遣い皆無のクソ坊主とか思ってて。

ほんのちょっとぐらいはあったんだね？　奇跡のような確率で。

テッド家の畑は既に午前中から開放されているようで、其処此処に村人が見受けられた。

出店のようなものは無いのだが、振る舞い酒や無料の食事が村長から提供されるので、割と盛り上がる。

極めつけはやはりキャンプファイヤーだろう。

材料となる木は存分にあるとばかりに立派な物が畑の中央に聳《そび》え立っている。

夜になると火を灯し、ここの周りで踊るのだ。

どっかの海賊みたいに。

初めて見た時は生贄にでもされるんじゃないかって思ったなぁ。

生は迫力が異様なんだよ……。

ちなみに火付け役はドゥブル爺さんが担う。

今年は…………どうだろ？

分からない。

ドゥブル爺さん……ついでにエノクやマッシは無事に元の生活へと戻っている。

怪我の後遺症は無いようで、俺も安心した。

しかしドゥブル爺さんの元気が無くなったように感じるのは、俺の気のせいってだけじゃないだろう。

体におかしな点はない……たぶん。

やはり回復魔法に不具合でもあったのかと心配になった時もあった。

しかし傍目に痛みを感じているような様子は見受けられない。

でも……なんだろう？

ドゥブル爺さんには、チャノスやアンが感じているような『怖さ』が無くなった。

丸くなったと言い換えてもいいのだが……やはり『怖くなくなった』という思いが先に立つ。

原因はよく分からない。

元より俺はそんなに怖くなかったというのもあるのだが……。

そもそもドゥブル爺さんを外で見掛けることが少なくなった。

三日に一度ぐらいの割合で水汲みに来なかったり、道でやっていた薪割りを別の誰かに頼んでいたり。

――ふと見掛けた背中に『老い』を感じたり。

そんなことが、何故だか無性に寂しく思う。

気が付けばドゥブル爺さんは……そう、爺さんだ。

爺さんなのだ。

魔法という強いインパクトに隠れていたが、老人だったんだな、と印象付くようになった。

だからと言うわけではないのだが……今年は火付けをやらないのでは？　……なんて思ってしまう。

「ねえ、今年の火付けもドゥブルさんがやるんだよね？」

気が付けば、不意に口を開いてテッドに訊ねていた。

「え？　うん。いつもと同じだろ？」

しかしテッドはあまり興味が無い様子でチャノスを探している。

……ああ、そういえば子供ってそうだよな。

気にしないよな。

――――気にされたくもないよな？

ドゥブル爺さんの厳《いかめ》しさの理由が、少し見えた気がした。

「レン、ちょっと待ってろよ。チャノスがいねぇんだ。たぶん酒でもチョロまかそうとしてると思うんだけど……。俺も行ってくるからさ！」

学ばなくていいところを偽冒険者から学んだのか……？

……いや、この年頃だとそんなに変でもないか。

マズい、苦い、までがワンセット。

幼馴染達が浮かべるであろう表情を想像しながら、ふと懐かしい気持ちが蘇る。

子供の頃は、あんな苦い飲み物が気になるものなのだ。

テッドに笑顔で答える。

「うん、いいよ」

「おう！　ついでに肉も貰ってくるからな！」

意気揚々と人の群れに向けて走っていく幼馴染を見送り、人混みから離れて適当な木陰へと腰を下ろした。

……約束だったからなぁ。

収穫後の畑で村人が祭りの準備をしている。

少し早めの乾杯をしている男達が女達に怒られ、ユノがお店から持ってきた食材を鍋で煮て、子供達はそれを狙いながら――しかし誰もが楽しそうである。

笑顔を浮かべている村人を眺めていたら、昔の気分《郷愁の念》に引っ張られたのか――ついポロリと呟き《本音》が漏れてしまった。

「思えば遠くに来たもんだ……」

「遠く？」

「うん、遠く」

「どこから来たの？」

「ものすごく遠く」

「わたしも行ける？」

「どうかな」

「……一緒に行ける？」

「わからない」

「行かないでくれる？」

「……」

「……そう」

驚きは無い。

魔法を使っていない時の俺は、どうにも役に立たない五歳児だから。

だから――
木の裏に隠れていた誰かになんて――――気付けない。
……気付けないさ。
しかし顔を見せない誰かさんに、言っておかなければ、とも思う。
「ごめんな?」
返事は無かった。
立ち去ってしまったのか沈黙を貫いているのか――――はたまた幻だったのか。
それは誰にも分かるまい。

第一章　完

書き下ろし番外編

エノクの恋

Side story

何を見せられているのかと言えば……チャンバラである。

しかしチャンバラと呼べる平和なものは、年齢も一桁で当たっても危なくない勢いに限るのだと知った。

日差しが気持ちいい昼下がりの午後。

村の西の端にある大木の下で、エノクとマッシのチャンバラを見学している最中だ。

テッドやチャノスがやっている木の枝を使ったものなら見慣れているのだが……。

さすがに十代も半ばともなれば、その迫力は段違いであるようだった。

使用しているのも各自で削り出したという木剣だというのだから尚の事だろう。

ブンブンと唸る風切り音からしても、当たったら痛いで済みそうにない勢いである。

「アアアア！」

「ハアッ！」

カンカンとぶつかり合う木剣は、よく出来た殺陣のように互いの体のスレスレを行き来する。

お互いの癖や太刀筋を知っているからこそ出来る長時間の打ち合いなんだろう。

本来なら実力差や武器の耐久性などが加わり、早々に勝負が決まっていてもおかしくはない。

だからこそ実力伯仲のチャンバラは、娯楽の少ない田舎にあって中々の見応えがあった。

いやー、面白いわ。

「ハアアアア！」

「オオッ！」

目をキラッキラさせているテッドの気持ちも分からなくはない。

誘ってくれた時に陰で舌打ちしちゃってゴメンね？

エノクやマッシという『もうすぐ大人』のチャンバラを俺とテッドで眺めている。

チャノスは家の手伝いがあるからと珍しく辞退していて、アンもケニア達に引っ張られていていない。

将来を冒険者と定めているテッドに「これぐらいは出来るようになっとけよ」とエノクやマッシが己の実力を見せてやるとしたのが事の起こりだ。

最初は『なんのマウントが取りたいの？』なんて思っていたけど、これが中々に見ていて面白い。

そして激しい。

冒険者やべぇな、こんな打ち合いが出来るレベルになんなきゃダメなのか。

傍目にはエノクの方が動けてるし、体型的にも有利かに思われた。

しかし手数やスピードで勝るエノクを、目の良さと反応の良さで受け流しているマッシ。

更には自分の重みを理解しているのか不動！

マッシのぽっちゃりという言い訳も、最近は苦しいと思うんだ。

攻略が難しい要塞さながらである
――――されど決着は順当とも言える結末を辿った。

エノクの決めに掛かった上段からの一撃をマッシが真正面から自重を活かして受け止めた――――のだが、勢いを殺さずに放った体当たりが決まり両者がもつれ込むようにして倒れた。

先に素早く動けたのは、この展開を仕掛けたエノクの方だったようで……。

肩で息をしながらもマッシの首筋に木剣を突き付けている。

「ハア、ハア、ハア……」

「ハア、ハア……参った」

「すげー!?　エノクもマッシもすげーよ！　二人とも、もう冒険者みたいだな！」

精根尽き果てて寝転がる両者にテッドが駆け寄りながら言った。

既に冒険者と言われて悪い気はしないのか、汗だくで立ち上がれもしないというのに二人とも笑顔だ。

「へへへ……実は今度、街に行く時に登録してこようと思ってんだ」

そう得意気に鼻をこするのはマッシの方だった。

エノクの方は……勝ったけど消耗が激しいのかフラフラと誘われるように木陰へと歩き出した。

「本当か!?　……あれ？　確かまだ十四になったばっかかじゃなかったか？　登録は成人してからだろ？」

「それがよー——」

「……大丈夫ですか？」

マッシと話し始めたテッドを置いて、木陰へと涼みにやってきたエノクを迎え入れた。

「ああ。一撃も貰ってなかったんだぜ？　大丈夫に決まってるだろ？」

いや、それはそうなんだろうけど……。

あれだ、気まずそうな笑い方というかなんというか……。

俺の年季の入った社畜根性が言っている。

これは『愛想笑い』だと。

しばし黙ってしまったエノクの隣で、騒いでいるテッドやマッシを見つめる。

言わないのなら聞かない方がいいだろう……うん。

決して『面倒だなぁ』とかじゃなくね？

過ぎ去って懐かしい思春期の悩みっていうのは、思春期でないと理解するのも難しいのだ。

「なあ、レンはさあ……」

話すのかよ。

徐《おもむ》ろに話し始めたエノク。

その内容は迂遠《うえん》ではあったが、ようするに『将来の不安』的なモラトリアムっぽい如何にもな悩みだった。

………うわ～、めん……。

「なあ？　レンだって自分が将来どうするか……どうなるかなんて分からないよな？」

それを五歳児に訊いている時点で答えが出てるよね？

こいつはあれだ、同意が欲しいんだ
「僕は村でお嫁さんを貰って暮らすよ」

だから一刀両断してやった。

知らないの？　僕五歳。

「なんッ――……なんでそうなるだよ。もっとあるだろ？　ほら、冒険者とか色々……」

何が琴線に触れたのかブツブツと言い始めるエノク。

思惑通り悩みが深くなった若人に、悪かったかなぁ、なんて思う。

「……まあ、どんな暮らしをしたいか、じゃないかな？　どういう風になりたいか、っていうのもあるんだろうけど、誰とどう暮らしたいか、っていうのも大切だと思うから」

だから少しばかりアドバイスしておいた。

この年頃の子供が理想と現実に板挟みになるのはよくあることだ。

悩め悩め、後々悔めるようにいっぱい悩むといい。

それが意外と人生に良い味を生むのだ。

「どんな風に暮らして行きたいか……」

ぼんやりと呟いたエノクからは若さ特有の苦悩が見えた。

……それにしても何があったんだろうね？　この前まで『冒険者！　冒険者！』と一色だったのに。

まあ、心境が変化するような何かがあったんだろうなぁ。

知らんけど。


半月ほどして、エノクとマッシは冒険者になるために村を出て行った。

あとがき

本書を手にとって頂き、誠にありがとうございます。

初めましての方は初めまして、お久しぶりの方は久しぶり、どうも作者のトールです。

自身二作目となるこちらの著作は、書籍で初めてとなる異世界転生物となっております。

巷では氾濫しきったジャンルとなっておりますが……作者も驚きなことに書くのは稀という不可思議。

そんな本作が書籍化ですよ。

なんともまあ今頃になっての新規開拓となってしまいました。

ですので、目の肥えた読者様方には色々と粗の見える作品に映るかもしれませんが、何卒お目溢しの程をお願い致します。

早々に最後になりますが、本書を書籍化するに辺り尽力してくれたイラストレーターの沖史慈宴さま、コミカライズを担当されているノズノットさま、担当編集さま、ここまで付き合ってくださった方々、そして読者さま方、本当にありがとうございます。

振り絞って限界突破した文章をお届け出来たらなあ、と考えております。

それでは、また。

次巻予告
次の子守りは、
残酷天使《プリティエンジェル》と
デート?!
レー、いこ♥

行き先は精霊の巣、
人ならざる者を沈めよ！
（無茶振り）
〝俺のスローライフ〟
どこいっちまったんだろうなぁ
著 トール 絵 沖史慈宴
Kakure Tensei
隠れ転生 2
2024年発売予定！

隠れ転生

2024年3月1日　第1刷発行

著　者　トール

発行者　本田武市

発行所　TOブックス
〒150-0002
東京都渋谷区渋谷三丁目1番1号　PMO渋谷Ⅱ　11階
TEL 0120-933-772（営業フリーダイヤル）
FAX 050-3156-0508

印刷・製本　中央精版印刷株式会社

ISBN978-4-86794-094-5